Du même auteur chez d'autres éditeurs :

Les Vies parallèles de Nicolaï Bakhmaltov, Actes Sud, 1993.
La Naissance de la télévision selon le Bouddha, Actes Sud, 1995.
Fragments d'une révolution, Actes Sud, 1998.
Mira Ceti, Éditions Baleine, 2001.
Les Ombres de la croix, Éditions Baleine, 2002.
Les Frères de la côte, Éditions Sansonnet, 2003.
La Comédie urbaine, Éditions Hors-Commerce, 2004.
Le Livre muet, Le Cherche midi, 2007.
Star, L'Écailler, 2007.
Les fantômes du soir, Le Cherche midi, 2008.

Quién es?

COLLECTION DIRIGÉE PAR JOËLLE LOSFELD

© Éditions Gallimard, 2010.
ISBN : 978-2-07-078782-1

Sébastien Doubinsky

Quién es ?

Roman

ÉDITIONS JOËLLE LOSFELD

Au madman Claro

« There's more about that killing
than people known. »

WILLIAM HENRY BONNEY

OK, puisqu'il faut commencer, commençons comme ça, on va dire que c'est le début, même si ce n'est pas le *vrai* début, mais le *vrai* début, on ne le connaît jamais vraiment, je veux dire qu'on ne réalise pas que c'est le *début*, on naît, on existe, mais c'est tout, il n'y a pas grand-chose à faire à part exister et accepter ça comme une évidence, non, le début, c'est autre chose, c'est quand on *décide* que c'est le début — c'est comme le matin, quand on se lève et qu'on *décide* de boire un café infect, qu'on *décide* de mettre ses bottes pour aller du lit au poêle qui chauffe de l'autre côté de la pièce et qu'on va prendre le gobelet de fer-blanc tout cabossé et qu'on va remplir ce satané gobelet de ce jus dégueulasse, ou qu'on *décide* de le faire pieds nus parce qu'on n'est pas sûr de ne pas se recoucher après, ou qu'on *décide* de rester au lit et de laisser le café bouillir encore un peu — ça par exemple c'est le vrai début d'une journée — ou bien quand une femme vous regarde d'une certaine façon et que vous vous dites que vous avez une chance de passer un bon moment —

même si vous n'êtes pas sûr que cette femme vous ait *vraiment* regardé de cette façon-là, après tout elle vous regardait peut-être en passant et elle aura simplement remarqué vos cheveux sales, votre tache sur la chemise ou votre main qui tremblait en tenant les cartes, qui sait ? — mais la possibilité est là, et si le regard de cette femme se confirme par sa présence à côté de votre chaise et par une main qu'elle pose, d'abord timidement, puis plus lourdement sur votre épaule, alors vous vous dites — vous vous dites *vraiment* — que c'est le début de quelque chose, et vous l'aspirez à grandes goulées comme un bon chili avec des tranches de lard posées en travers, et votre corps se détend et se tend au même moment et les cartes paraissent bien plus petites dans votre main, et vos gains ou vos pertes bien plus secondaires, car le *début* remet toujours les choses à leur place — les choses qu'on croyait savoir et les choses qu'on savait mais qui n'ont plus d'im-portance — oui, ça c'est le vrai début d'une bonne soirée et de quelques jours de rab' peut-être, bien qu'il ne faille jamais rester longtemps au même endroit car un bon début peut parfois déboucher sur une mauvaise fin…

Donc le début que j'ai choisi c'est un début d'été, un été comme les autres, chaud, lumineux et poussiéreux, en fait je n'avais pas décidé que cela allait être le début, je pensais plutôt que cette journée allait être une continuation de toutes les autres, y compris celles du vrai début dont je ne me souviens pas — et je crois bien que personne, personne au monde ne s'en souvient — un jour j'ai vu dans un cirque un type qui pouvait soi-disant répondre à n'importe quelle question, il connaissait tous les lieux, toutes les dates de n'importe quel événement historique, les gens applaudissaient comme des fous, ils étaient vraiment impressionnés, mais moi je lui ai demandé, hé gars, tu te rappelles le jour de ta naissance, quand ta putain de mère t'a chié au monde ? et le gars a murmuré «non» et moi je suis parti la tête haute car même si moi je ne peux pas me rappeler la date exacte de la bataille de Gettysburg, on a tous les deux été chiés par nos mères tout pareil — il faisait chaud donc, car malgré moi je me souviens quand même du temps qu'il faisait car dans un sens, ça accompagne ce début, cette journée d'été qui ressemblait jusque-là à toutes les autres, comme une vague ressemble à une autre vague ou une balle à une autre balle, une journée où j'allais un peu m'amuser et réfléchir à ce que je pourrais faire ou ne pas faire.

Quand on réfléchit les possibilités semblent infinies, c'est quand on agit que le monde se rétrécit à ne devenir plus qu'une seule chose.

Et il n'y a rien que j'aime plus au monde que de me trouver un petit coin tranquille sous un arbre, ou dans une cabane, ou dans une grange, ou dans un saloon, car on peut faire le silence dans sa tête, même quand le monde hurle, chante et s'amuse autour de vous, oui, j'aime rêver les yeux ouverts, refaire le monde à mon image, beau, jeune, sympathique — je vois que tu ris, mais qu'est-ce que tu connais de moi sinon cette apparence qui se tient devant toi, cette *évidence* qui porte un nom et encore, tu ne connais pas *tous* mes noms — à mon image, donc, avec des fêtes merveilleuses et des musiques à vous donner le tournis — des danses qui n'en finissent pas et de belles jeunes femmes, des Jenny, des Amy, des Pearl, des Betty, des Corazón, des Teresa, des Jette, des Julie, des Luisa, des Gertrud, des Annette, des Amy, des Jenny, avec de grands yeux amoureux et des bouches à mourir — oui, un monde fantastique vraiment — et je ne parle pas du whiskey gratuit et de la bière toujours fraîche, des amis fidèles et des pères doux et aimants — oui, c'était une journée à s'asseoir dans un coin et rêvasser au Paradis perdu et attendre peut-être un lointain début, si toutefois il y avait besoin d'un début.

J'avais déjà *commencé* certaines choses à l'époque, mais on ne pouvait pas parler véritablement d'un *début* — une motte de beurre m'avait valu une sacrée remontée de bretelles de la part du shérif Whitehill — il avait les joues violacées de colère et ses dents jaunes claquaient près de mon nez mais je n'étais pas terrifié — honteux, oui, de m'être fait prendre, c'était la première fois que je volais quelque chose — mais je le regardais s'énerver sur moi, sa main tordant mon oreille comme dans les dessins comiques des gazettes, je le regardais comme si j'étais en dehors de moi-même, mes yeux flottant loin de mon visage pour mieux s'imprégner de cette scène — White-hill au visage violacé par la colère sous son grand chapeau blanc et son étoile cuivrée qui vibrait sur sa poitrine, accrochée au gilet de cuir en veau mexicain — c'était un homme d'une grande bonté et je ne laisserais jamais dire à quiconque que tous les shérifs sont des ordures — ce sont des hommes comme les autres qui ont juste accepté de se laisser transpercer par leur devoir et il y en a parmi eux qui le vivent comme une blessure permanente et ceux-là doivent être respectés et honorés comme des pères — bien entendu, les autres peuvent crever.

Oui, j'avais déjà *commencé* à exister un peu et White-hill en avait été le premier témoin — à regret — mais cette existence était encore passagère, comme naturelle et subie, comme quand on respire par la bouche car il fait trop froid pour respirer par le nez — j'étais malléable et innocent — oh, tu peux sourire — innocent, je répète, car le monde m'était inconnu, ma mère était morte et mon beau-père disparu, ainsi que mon frère cadet — comment connaître le monde sans quelqu'un pour vous le montrer ? — plus tard j'ai appris à lire et les mots m'ont *montré* d'autres mondes et j'ai compris que tout ce que racontaient les gazettes était vrai, mais d'une autre manière — il suffit de bien toucher les mots un par un pour les remettre dans la bonne direction, c'est facile comme tout — quand ils disent que je suis un dangereux hors-la-loi ils veulent dire que je suis un héros — et bien sûr l'inverse est vrai, mais aucune de ces vérités ne s'annule car elles sont imprimées et par conséquent ne disparaîtront jamais, contrairement aux os d'un homme qui retourneront en poussière — oui, même les tiens et même les miens — peut-être surtout les tiens d'ailleurs — mais à l'époque je ne savais pas lire et ce que je voulais apprendre passait surtout par les mots qui sortaient des bouches qui me semblaient sympathiques — par là je veux dire les bouches qui me disaient des choses gentilles et ne se moquaient pas de ma petite taille, ni de ma maigreur — il n'y en avait pas beaucoup, crois-moi — et ces bouches-là m'ont appris un autre monde — un monde où c'est l'occasion qui crée l'action, où la morale est en suspens comme au Jugement dernier et où celui qui trahit son ami n'est pas forcément celui qui se retrouve le premier en Enfer — et j'ai continué, avec John Mackie, car c'est le nom qui accompagnait sa bouche, j'ai continué à *commencer* à exister, même si ce n'était pas le début qu'on attend tous à un moment ou à un autre.

J'ai volé des chevaux et du bétail et d'autres choses encore, mais jamais de banques, je trouve cela indécent d'aller chercher de l'argent au milieu des villes, où des femmes peuvent se trouver et des enfants perdre leur père — un enfant a toujours besoin d'un père, même imaginaire — non, pas de banques ni de trains, seulement des chevaux et du bétail, dans la nature sauvage, où les hommes et les bêtes se retrouvent comme au jardin d'Éden à égalité et où les balles de plomb ne risquent pas d'abîmer des gens innocents — on a beau savoir tirer, les balles ont leur vie propre — je me rappelle avec Mackie une belle trouille, poursuivis par des cow-boys

16

bouseux un jour et une nuit jusqu'au Mexique jusqu'à ce qu'ils tournent bride, épuisés — nos chevaux ont alors claqué en même temps, tandis qu'on apercevait encore ces malheureux s'éloigner comme des mouches entourées de poussière — ils auraient continué encore un peu et nous finissions pendus, les pieds ballottant au-dessus des cailloux jaunes — parfois la vie ne tient qu'à peu de chose — la chance — oui, la chance, qui existe qu'on le veuille ou non, qui existe et qui nous fuit — c'est pour ça qu'on dit qu'il faut l'attraper, la garce — qui fuit et qui nous rentre dedans par accident, parce qu'elle ne nous a pas vus — la chance est aveugle — nous avions eu beaucoup de chance ce jour-là et nous avions ri, assis sur les cadavres fumants de nos chevaux, entourés de mouches bleues qui tournoyaient en bourdonnant — je crois que je n'ai jamais ri aussi fort de ma vie et Mackie aussi, ses yeux bleus plissés dans son visage tellement crasseux qu'il ressemblait à un Nègre — et moi aussi — et nous riions encore quand nous nous sommes endormis sans savoir ce que le lendemain allait nous réserver, les paupières fermées sous les étoiles blanches — sacré Mackie que je n'ai jamais revu après mes déboires à Fort Grant — Mackie dont les yeux bleus disparaissaient quand il riait et il riait souvent — Mackie qui m'a donné mon nom — ou plutôt, un de mes noms — le troisième ou le quatrième — « the Kid » — un nom que j'ai accepté avec bonheur et gratitude, comme si mon père lui-même avait pris la bouche de Mackie pour me parler et me nommer.

17

Je n'avais pas encore *commencé* à exister, mais pour ainsi dire j'étais déjà nommé, comme en suspens, en attendant de me trouver dans la position de celui qui décide — mais j'étais trop jeune et je ne pouvais pas décider — juste un garçon qui aimait faire des bêtises et boire du whiskey et parler aux jolies femmes — je n'avais pas d'arme à l'époque, même pas un couteau — Mackie m'avait appris à tirer, mais il gardait pour lui son .44 et sa Winchester — pas question qu'il me les prête, même pour aller chasser — c'était toujours lui qui s'y collait et je ne me plaignais pas parce que la marmite était toujours pleine — quand on s'entraînait, il me disait « tiens, à toi » et il me tenait la main, son doigt sur mon doigt sur la détente, il puait de la gueule, mais j'aimais sentir sa joue mal rasée contre la mienne et nos mains s'envoler ensemble comme des oiseaux affolés dans le tonnerre de la détonation — au début j'étais nul, mais Mackie, patiemment, sa main sur la mienne, murmurait « doucement, doucement », il ne s'énervait jamais, et peu à peu les boîtes de conserve volaient, les bouteilles de whiskey explosaient et les têtes de cactus se volatilisaient — aussi bien avec le .44 qu'avec la Winchester, même si je préférais le fusil, son contact glacé contre la joue et le prolongement de mon visage comme un bec étincelant — j'ai gardé cette préférence, c'est un hommage à Mackie, même s'il aurait probablement désapprouvé l'usage que j'en ai parfois fait — mais j'avais véritablement *commencé* à ce moment-là et il ne servait à rien de revenir en arrière — pas comme aujourd'hui où le temps semble se dérouler à l'envers par la force de la pensée.

18

J'ai lu l'autre jour dans une gazette une réclame pour un fakir qui prétend déplacer des objets par la seule force de sa pensée — c'est de la blague bien sûr, même si l'idée m'a fait rêver — j'aurais aimé déplacer tellement d'objets ainsi — mais hélas, il n'y a que le temps que la pensée peut déplacer et on ne peut pas dire que ce soit tellement utile — une vie se mesure aux souvenirs qui ne sont que des images reflétées à l'envers de la vie tout court — non, aujourd'hui tu m'as demandé de te raconter comment cela avait commencé et c'est ce que je fais, même si tu sais que je meurs d'envie de me taire et de te faire sauter la cervelle et tu ne perds rien pour attendre — mais il nous faut revenir au commencement, tu as raison, car si on ne peut rien faire pour changer ce qui s'est passé, on peut — peut-être, peut-être — le comprendre un peu, «par la force de la pensée», et considérer les choses sous un autre angle — un angle plus personnel et plus lointain, si c'est possible — comme une scène de théâtre où nous serions à la fois acteurs et spectateurs — j'ai vu un jour un spectacle de théâtre et je me suis endormi — pourtant les mots m'intéressent, m'attirent, m'excitent — c'est peut-être à cause de ce début auquel nous revenons toujours — impossible de s'en défaire, comme une chemise de nuit trempée dans du purin — plus on se débat et plus elle colle à la peau.

La poisse, comme aurait dit Mackie — la poisse, cette vieille amie.

La poisse qui m'attendait par cette belle journée d'août, le dix-huit pour être précis — moi je ne me rappelle pas mais les gazettes l'ont fait pour moi — les dates comptent seulement pour ceux qui n'ont jamais véritablement *commencé*, car cela leur donne l'illusion d'un moment précis, d'un point de départ mesurable et objectif — alors que le véritable *commencement* est toujours personnel et imprévisible — c'est le moment où l'ombre et la peau se rejoignent comme dans un grand midi, où l'évidence remplace le souhait et le temps se met à galoper devant soi sans jamais pouvoir être rattrapé, où la montre dans votre gousset fait un tic-tac infernal, que vous entendez les mécanismes grincer comme une gigantesque machine et la minute suivante s'ouvrir sous vos pieds comme la trappe de la potence.

Lorsque j'ai posé le pied sur la première marche de la *cantina* je ne savais pas que cela allait *commencer* — pas comme ça en tout cas — même si parfois je me dis que c'est le destin et que je n'y suis pour rien — mais j'ai entendu tellement d'hommes le dire au moment où ils allaient être pendus que j'ai désormais cette phrase en horreur et je préfère me dire que mon *commencement* attendait que je lui donne sa propre forme — seulement cette forme n'était pas encore mienne, elle était celle de Windy Cahill et c'était une forme que je haïssais de toutes mes forces — et j'ai senti mon souffle s'arrêter et mes yeux se remplir de larmes salées quand j'ai vu sa grande forme installée au comptoir et j'ai failli repartir et continuer ma journée comme toutes les journées précédentes — mais j'ai serré les poings, inspiré un grand coup toute la fumée de la *cantina* sans laisser un seul nuage échapper de mes poumons, et je suis entré dans la pénombre où la musique du piano mécanique retentissait à mes oreilles, comme le plus épouvantable vacarme que j'aie jamais entendu de ma vie.

Je n'avais jamais souhaité être invisible avant d'avoir croisé le chemin de Windy Cahill — mais ce désir m'a envahi comme une deuxième âme, une âme secrète que j'aurais gardée, cachée, de ma petite enfance où tout était encore possible — même, et surtout, un autre début — un début avec une date de naissance et une ville bien nette pour démarrer son existence — mais moi, même si je ne pouvais pas être invisible, j'étais déjà en quelque sorte comme un fantôme de ma propre existence, vu que je ne savais où j'étais né, ni en quelle année — tu souris encore, mais vraiment ce n'est pas drôle et je ne sais pas ce qui me retient de — quoi qu'il en soit, je n'ai jamais eu de racines et c'est tellement vrai que je n'ai, de ce fait, jamais été *déraciné* — emporté par le vent comme une mauvaise herbe, un *tumbleweed*, oui, exactement, car un *tumbleweed* n'a pas de racines — mes pieds n'ont jamais souffert l'arrachement d'un quelconque endroit — bénie soit ma mère — mais être sans racines ce n'est pas être invisible, mon souhait le plus vif ce jour-là, en voyant l'énorme silhouette de grizzly de Windy Cahill lever le bras pour vider son verre de whiskey.

21

Être invisible et m'asseoir tranquillement à une table avec un petit verre presque propre où le soleil se refléterait de biais pour pouvoir rêver les yeux ouverts et regarder les jolies femmes monter et descendre l'escalier au son mélodieux du piano mécanique dont les notes auraient enfin été réconciliées avec mes oreilles — pouvoir respirer normalement, sans être oppressé par la haine et la terreur — j'ai dit « terreur » ? — dans mes souvenirs je n'ai pas peur, mais qui sait ? les souvenirs vous jouent toujours des tours de magie, comme ces images qu'on se rappelle parfois, mais inversées — l'esprit et la mémoire sont des chambres noires où le monde se renverse pour mieux vous perdre — et je ne parle même pas des mots, qui ne cessent de vous trahir.

Oui, peut-être avais-je peur finalement — Windy Cahill était un géant et lorsqu'il me claquait la nuque « pour rire » j'avais l'impression que tous mes os allaient être réduits en poussière, et lorsqu'il me pinçait mon bras gardait la marque bleue de ses doigts vicieux pendant plusieurs semaines — mais cette violence ne me faisait pas peur, j'y étais habitué pour ainsi dire, il suffit de regarder autour de soi pour réaliser que l'homme n'est pas un animal pacifique — non, ce qui devait me terrifier c'était ses mots — ses mots vides qui pourtant remplissaient l'espace de leur sens vide — ses mots creux comme des balles qui dévastaient tout sur leur passage — je tremblais sous leur choc, comme si ces paroles m'arrachaient mes vêtements et montraient à tous mes bras maigres, mes côtes saillantes, mes courtes jambes — me montraient à tous comme un petit corps ridicule où «Kid» devenait péjoratif, un petit corps destiné par sa fragilité même à être bousculé, pincé, maltraité.

Windy Cahill riait toujours quand il m'insultait et son rire était contagieux comme une peste invisible — tous étaient malades sauf moi, mais c'était de moi qu'ils riaient — les mâchoires grandes ouvertes, même si beaucoup d'entre eux avaient de la tristesse ou de la honte dans le regard — Windy avait déjà tué plus d'un homme et quand il était soûl il aurait fait peur au Diable lui-même — oui, ils riaient et les mots filaient vers moi comme des flèches pour s'enfoncer profond, profond entre ma peau et mes côtes, fouillant le cœur, l'estomac et les tripes, comme de l'acide.

«Bâtard!» était son insulte préférée car il savait qu'elle me fauchait les jambes — quand on n'a pas de père les larmes vous viennent plus facilement aux yeux — «Bâtard!» — c'était plus qu'une insulte, c'était la vérité.

Il était vainqueur aux mots, toujours — c'était un adulte et moi encore un enfant — même si l'innocence m'avait abandonné depuis tellement longtemps que j'avais pour toujours cessé d'y croire — mais un enfant par mon âge supposé et ma petite taille.

« Bâtard ! »

Comme si j'étais responsable de la faute de mon père
— comme si mon père ne m'avait jamais aimé alors que,
j'en suis sûr, il m'avait aimé au moins un peu, le temps
d'une nuit entre les bras de ma mère, le temps de mots
doux et de souffle court — et s'il était parti c'était à cause
du destin, de son *début* à lui qu'il devait chercher ou qu'il
devait poursuivre — oui, il m'avait aimé pendant ces
quelques secondes, mais quelques secondes ne suffisent
pas à retenir un homme — à le tuer, oui, une fois le
revolver sorti de sa gaine et pointé vers le ventre — mais
il faut plus que cela pour construire un père, il faut beaucoup de patience et bien savoir les mots qui expriment
l'amour.

Moi-même je ne les connais pas, je l'avoue — je les
emprunte à d'autres bouches, à des histoires lues dans les
gazettes, mais ils ne sont pas vraiment à moi, même si les
filles croient que si, ou font semblant de le croire — je
suppose que je ne saurai jamais ce qu'elles ressentent
vraiment pour moi, sauf peut-être si j'ai la chance d'assis-
ter à mon propre enterrement et que je découvre qui
pleure de véritables larmes au bon goût de sel, roulant sur
la lèvre supérieure avant de se glisser dans l'interstice
comme une potion amère — oui, mes mots d'amour
ressemblent seulement à mes vrais mots, mais ils n'arri-
vent pas vraiment à *dire* mes véritables pensées.

Quand je vois Teresa, par exemple, et la pointe de ses hanches brunes décrochée sur le drap bleu par l'aube, j'ai envie de parler une autre langue, qui n'existerait que pour moi seul et qui pourtant serait universelle — comme un aboiement de chien ou un grondement de panthère — une langue qui exprimerait la beauté de cette hanche en même temps que la lumière de l'aube qui se lève, la fatigue de mon corps et la joie de mon esprit — qui engloberait toutes les autres et qui ne serait que pour moi, une langue où je pourrais *me* comprendre et avec laquelle il me serait enfin possible de parler, de dire les choses comme elles sont et non pas recouvertes de vieilles bâches comme les mots de tous les jours, des bâches tellement vieilles qu'on ne peut pas les ôter et ce qu'il nous reste est la *forme* des mots mais pas leur *réalité* — je suis sûr que si on parvenait à ôter ces bâches nous serions éblouis, émerveillés, terrifiés peut-être par ce que nous découvririons : *Te quiero* deviendrait une montagne d'or, de diamants, de rubis qui surgirait comme un volcan de notre poitrine, *te quiero* comme un volcan de notre poitrine qui surgirait, *te quiero* comme un volcan de notre poitrine — tu te moques encore, mais tu n'as jamais rien dit, ou plutôt tu n'as *encore* rien dit, tu vas mourir et tes mots seront pour toujours enfouis sous leurs bâches — inutilisables — *te quiero* et Teresa sourirait et me dirait quelque chose dans *sa* langue et je m'approcherais du lit — elle prendrait ma main et la poserait sur son sein brun et nous ouvririons la bouche en même temps pour la refermer aussitôt dans un silence sans bâches, sans rien — et je caresserais doucement ce sein qui durcirait sous mon mouvement circulaire et je me pencherais vers elle et elle lèverait son visage vers moi et nos bouches s'arrêteraient à quelques pouces l'une de l'autre — nos souffles se mêleraient, invisibles, dans cette chambre bleue qui doucement virerait au jaune — sa main attraperait ma nuque et je fermerais les yeux en respirant bien fort l'odeur noire de ses cheveux et ses lèvres s'écraseraient contre les miennes et je continuerais à jouer à l'aveugle tandis que je me sentirais tomber sur le lit.

Mañana peut-être — oui, demain — ou dans une semaine, ou jamais — nous sommes arrivés au moment où toutes les routes se croisent et se rejoignent — j'aurais beau refaire le chemin à l'envers, j'aboutirai toujours ici et ce sera le même mystère — on peut appeler cela la chance, le destin ou le hasard, mais quoi que l'on fasse il y aura toujours — toujours — des moments auxquels on ne peut échapper, qui vous retiennent avant de vous recracher plus avant, plus tout à fait le même et pourtant si semblable — là mes mots s'arrêtent à nouveau et retombent comme des balles rendues inoffensives par la distance.

Que ceci ne te donne pas de mauvaises idées — tu es ici avec moi jusqu'au bout et je n'hésiterai aucunement à tirer dans le dos d'un lâche.

Tu m'as demandé ma confession et tu espères pouvoir te soustraire à sa conclusion ?

Il est des moments où il semble que la vie ait suivi une certaine logique, où les événements chaotiques du quotidien prennent un sens surprenant bien que maintes fois annoncé — et la morale, ici absente, vous carillonne aux oreilles comme les cloches infernales d'une mission jésuite — la morale est le blême fantôme que la société vous envoie pour chevaucher en permanence à votre côté, car si on peut s'arranger avec sa conscience, il est impossible de se défaire de ce spectre, car c'est le seul débris de civilisation qui vous reste — malgré vous — et il est des moments où il n'y a plus que deux possibilités, toutes deux infinies malgré leur apparente limite, vivre ou mourir, car c'est bien de cela qu'il s'agit à présent — les deux portes que je ne peux ouvrir seul, que je suis incapable d'ouvrir seul car le choix même m'a échappé — je sais que nous pensons tous deux la même chose mais c'est moi qui pointe le revolver vers ton estomac nu — pas même une chemise pour te protéger symboliquement — c'est vrai qu'il fait chaud, l'été est revenu — c'est une saison maudite pour moi, là où le début et la fin se rejoignent — c'est pour cela que je préfère l'hiver.

Je me rappelle un mois de février au Nouveau-Mexique avec John Tunstall — tout était blanc et les seules couleurs que l'on voyait c'était nous, les hommes et leurs chevaux, avec notre respiration blanche, elle aussi — les bruits étaient comme rapprochés, pendus à nos oreilles, il y avait, mêlés, le souffle, le cliquetis du métal, le froissement du tissu, le grincement du cuir et les plaintes des chevaux — un avant-goût du Paradis et si cela n'avait pas *commencé* avant, cette journée aurait pu aussi être un beau *début*, la conscience limpide en traversant ce paysage calme et cotonneux avec mon véritable père — j'ai encore les larmes aux yeux quand je pense à lui au milieu des éclairs et du tonnerre qui allaient s'abattre sur nous quelques jours plus tard — je le revois essayer de descendre de son cheval pour se mettre à couvert — la première balle lui déchire l'épaule comme un trait de peinture sauvagement appliqué, et la deuxième se loge dans sa poitrine, annonçant toutes les autres — cet homme qui m'avait parlé comme si j'étais un homme respectable, alors que j'étais en prison, accusé d'avoir volé *ses* chevaux par-dessus le marché — John Tunstall, une grande ombre dans l'obscurité de la prison de Lincoln, Nouveau-Mexique, ville maudite s'il en fut jamais une — il était anglais et son accent m'a amusé au début — Dolan était une brute irlandaise et Tunstall un véritable gentleman, un abîme entre leurs voix — dans le noir donc, un sourire sur mes lèvres, j'ai répondu «*claro que sí*» quand il m'a demandé si je voulais travailler pour lui — j'ai fait comme si c'était normal, mais sa voix m'avait touché, avait posé les mots exactement là où il fallait, comme si mes oreilles avaient depuis toujours attendu ce moment-là pour exister comme mes oreilles à moi et j'étais drôlement étonné, abasourdi même, qu'un homme, un gentleman de surcroît, se soit adressé à moi de cette manière si douce et respectueuse, comme s'il savait, lui, comment cela avait *commencé* — en fait, je connaissais sa réputation et depuis quelque temps je voulais travailler pour lui après mes mois de bêtises avec les « Boys », puis ces salauds de Dolan et Murphy — de la violence et de la méchanceté pure, au bout d'un moment j'en ai eu assez, je pensais qu'il n'était pas nécessaire d'être mauvais pour être libre — et je le pense toujours malgré ma situation présente — John Tunstall me l'a prouvé, pendant ces quatre mois où nous avons chevauché côte à côte — luttant ensemble pour « la liberté d'entreprendre » contre ces voleurs de Dolan et Brady — quelle ironie que je sois devenu un *outlaw*, un « hors-la-loi » alors que personne n'aime plus la justice que moi — quatre mois, c'est environ cent vingt jours, une durée qui s'imprime, qui marque comme les rides et comme les rides ne s'efface pas.

Moi qui suis encore jeune, j'ai tellement de rides que je pourrais être mon propre grand-père — cela m'amuse de penser que j'ai eu deux grands-pères mais que ce ne sont même pas des ombres pour moi — rien, ils n'ont jamais existé — maman ne m'a jamais parlé de son père et mon vrai père ne m'a jamais parlé — des générations d'orphelins de père et on se demande pourquoi nous n'avons cessé d'errer de ville en ville, comme des milliers d'autres — une nation d'orphelins répandue sur un nouveau territoire pour chercher à construire quelque chose qui pourrait ressembler peut-être (peut-être) à une maison où un père pourrait venir le soir après une dure journée de labeur, pourrait enlever ses bottes et s'asseoir devant un bon feu de cheminée avec son journal grand ouvert, oui, un père qui serait content d'être là et qui voudrait bien rester dans cette maison — pas partir, fuir ou mourir — non, rester avec nous et nous donner nos noms, nos vrais noms et notre place tant désirée auprès de lui et de la ville — une nation d'orphelins qui chevauche dans la nuit et dort pendant la journée, et qui passe le temps à s'inventer de nouveaux noms, de plus en plus beaux, de plus en plus faux, souvent, aussi — mais est-ce qu'un nom a réellement une importance ?

Des noms, j'en ai au moins quatre, William Bonney, Henry McCarty, William Antrim, Billy the Kid et cela ne m'empêche pas d'être moi-même, ombre comprise — mais c'est parce que un jour j'ai vraiment *commencé* mon existence et qu'à partir de là les noms sont entrés en moi comme dans une tombe — ils ont formé leur propre épitaphe en un sens et le nom que je porte aujourd'hui n'est ni plus ni moins celui de l'étiquette qu'on attachera à mon cercueil — un nom pour savoir qui est le cadavre qu'on photographie debout dans sa boîte en bois — une légende rassurante à marquer sous la photo finale — j'avais un compagnon dans les Regulators qui collectionnait ces cartes postales de bandits morts — il en avait plus de trente — une balle a déchiré son sac et a envoyé valdinguer ses précieuses cartes dans les airs — il est mort en essayant de les rattraper, comme une danseuse, les bras tendus au-dessus de la tête, sur la pointe des bottes, tournoyant sur lui-même sous la pluie de plomb — mais moi, j'ai quatre noms et pas de père — un «bâtard», comme criait Windy Cahill, ce salopard — oui, un *bâtard*, un orphelin comme cette nation tout entière et même si ce mot me déchirait, j'aurais aussi pu le revendiquer avec fierté — car ma mère avait ainsi choisi de me concevoir avec la liberté en personne — et quel plus beau cadeau une mère peut-elle faire à un enfant ? — c'est un cadeau que je chéris aujourd'hui plus que tous les autres, mais à l'époque de Windy Cahill je n'avais que quinze ans et je n'avais pas encore compris sa valeur — rien n'avait *commencé* à ce moment et j'étais encore soumis aux lois du destin, car le destin a des lois bien précises — c'est lui qui choisit et rien ne vous appartient — beaucoup essaient d'ailleurs de bâtir le monde sur ce principe — s'en dégager n'est pas facile, sauf si on a compris que les mots ne sont pas les mêmes selon la fenêtre par laquelle on les regarde — «hors-la-loi» et «justicier», par exemple, «citoyen honnête» et «*outlaw*» — tout dépend de la lumière qui les frappe mais celle de la société est toujours la plus forte et écrase toutes les autres.

Les mots solitaires ont du mal à survivre, à exister — ils sont comme des oisillons tombés du nid, ils peuvent mourir à chaque instant, mais si on prend le temps de les recueillir et de bien s'en occuper, alors ils peuvent prendre une taille et une force terrible.

J'ai vu un jour dans un livre une gravure de phénix et je me suis dit que c'est à cela que les mots devraient ressembler — les miens sont encore petits et faibles, personne ne les comprend — surtout pas les shérifs, ni les gouverneurs — mes mots sont comme ceux des Indiens, transparents comme le vent — on ne leur attache aucune importance alors que pour les Indiens (et pour moi) les mots sont des pierres d'une lourdeur infinie, que l'on ne peut plus déplacer une fois plantés dans la terre — les mots sont un don de Dieu, après tout, et l'homme fait à nouveau preuve de son ingratitude en les utilisant comme de la fausse monnaie — je ne sais pas si je crois en Dieu, Jenny m'a dit que oui, sans que je le sache, parce que, au fond de moi, j'étais un « bon » garçon — mais être bon, ce n'est pas être croyant, c'est simplement être humain et juste — même si j'ai tué plus d'hommes qu'il n'aurait fallu — quoique — les seuls que je regrette sont ceux que j'ai abattus par erreur ou qui m'ont obligé à les abattre — et il y en a eu — je pense souvent à leurs familles — à leurs femmes et à leurs enfants qui doivent frémir de haine en entendant mon nom et renforcer ainsi les bâches qui me retiennent prisonnier — je ne dis pas que je ne mérite pas leur haine, mais je regrette simplement d'en être la cause sans pouvoir m'expliquer — me justifier, si tu veux, et arrête de me regarder avec cet air ironique, je sais très bien ce que tu penses : que je n'ai pas vraiment mauvaise conscience, au fond de moi, et que ces meurtres stupides ne sont que des accidents logiques sur la route que j'ai choisie — mais c'est oublier un peu vite que lorsqu'on *choisit* on ne sait pas forcément ce qu'implique le choix, comme le jeune soldat qui s'engage dans la cavalerie ne sait pas forcément qu'il va passer de longs mois à s'ennuyer dans un fort pourri où sa seule distraction sera de servir de femme aux sergents complètement ivres, les bras et les pieds immobilisés par ses camarades de chambrée.

Quand le choix est fait, il devient l'équivalent de ta vie et il faut du temps, beaucoup de temps pour l'accepter — pas pour le *comprendre*, pour l'accepter — mais tu as tort de croire que je n'ai pas mauvaise conscience par rapport à ces tombes inutiles, car j'ai prié pour ces morts, attachés autour de mon cou comme ces friandises mexicaines en forme de crânes ricanants — il y a une petite église, près de Fort Grant, où j'ai allumé quelques cierges — personne ne m'a vu, seulement moi et ma conscience — je n'ai pas une seule fois regardé le Christ, ni sa mère — leurs pieds seulement — mais j'ai longtemps contemplé les flammes vacillantes, les protégeant au creux de ma paume le temps qu'elles prennent de la force — ce n'était qu'un symbole, mais parfois on a besoin d'images pour vraiment exister, car l'existence en elle-même n'offre pas assez de perspectives — ce n'est qu'un instinct qui croise d'autres instincts — et il faut prouver qu'on *existe* en dehors de cela, qu'on est un être humain avec ce mystère ajouté, représenté, révélé, justement, par l'image — comme quand je pense à Teresa et que je l'associe à un magnifique cheval sauvage, ou à un aigle tournoyant très haut dans le ciel, ou à une pièce d'or brillant au fond d'un ruisseau.

Il faut excuser mes pauvres images car elles viennent des gazettes, mais elles me conviennent et je n'en connais pas d'autre.

Peut-être alors serait-il plus clair de parler de la musique, qui est une image intérieure qui vous porte le temps de la mélodie — rien ne me touche plus qu'une triste ballade au violon qui me rappelle l'Irlande de ma mère — des vertes collines rebondissant jusqu'à la mer, d'un bleu plus dur que celui de l'acier neuf — un paysage comme un paradis, où tout est familier et inconnu à la fois — familier comme l'accent de ma mère et inconnu comme les raisons de l'exil de ma famille — on croit toujours que la faim se fait moins sentir de l'autre côté de l'océan — nous avons besoin de ces illusions pour continuer à avancer — c'est ce qu'on appelle « l'espoir » — il y a même des villes qui portent ce nom-là, *Hope* — je préférerais crever plutôt que d'y habiter — oui, la musique, cette amie qui vous charme et vous transporte, épousant votre corps comme une ombre parfaite pendant ces quelques minutes — j'ai beaucoup écouté, beaucoup chanté, beaucoup dansé — on dit que je suis un assez bon danseur — rien ne me plaît autant que d'accrocher mon bras à celui d'une jolie fille pleine de vie et de santé, et tournoyer avec elle au son du violon, de la guitare et parfois des trompettes — les Mexicains jouent magnifiquement de cet instrument qui résonne aux tempes comme un soleil qui se lève — perdre conscience quelques instants du poids de mon corps, de mon squelette et sauter, virevolter comme un cheval sauvage au son de la joie pure — croiser son regard quand nos bras s'accrochent à nouveau — avec de la chance elle se mettra même à rire — rien ne dévoile mieux la personnalité qu'un éclat de rire — et Jenny, Betty, Jette, Gertrud, Teresa, Soledad, Maria, Annette riaient comme des déesses — leurs jolies rangées de dents découvertes par leurs lèvres joyeuses — oui, la musique jusqu'à l'abrutissement, car la mélodie est une forme de laudanum qui, comme le souvenir, ne vous lâche jamais — une mélodie, une chanson pour chaque moment de la vie, qu'il soit éphémère ou essentiel — une mélodie sifflotée en allant chercher la cafetière sur le vieux poêle ou une autre qui tourne et virevolte dans votre crâne tandis que vous êtes coincé derrière un mur sur lequel s'écrase une pluie de balles.

Je me demande si on entend une mélodie pendant les derniers instants — si on me dit « de la harpe » je crois que je serai horriblement déçu.

Moi, je veux une ballade mexicaine qui se déroule en noir, rouge et or, avec trompettes, violons et guitares — qui se déroule comme un linceul étincelant recouvrant peu à peu mes yeux tandis qu'un sourire se dessine sur ma bouche — une belle mélodie d'amour pour les filles que j'ai tenues dans mes bras, une danse finale derrière mes paupières fermées — et j'espère, surtout, ne pas crever dans une ville qui s'appelle *Hope*.

Mais enfin, même si on a commencé, nos jambes sont indépendantes de notre volonté et nos pas nous emmènent bien souvent là où nous n'aurions jamais imaginé pouvoir aller — comme si des chemins invisibles étaient déjà tracés pour chacun de nous, mais cependant je me méfie des prédestinations — nous naissons là où nous pouvons et devenons ce que nous aimerions être, même si nous sommes déçus du résultat — oui, je crois fondamentalement que les vents invisibles qui nous poussent ou nous repoussent sont des vents qui ne suivent que leurs cours naturels, comme le courant descend de la montagne ou le soleil assèche la pluie — ce que nous appelons destin est le plus souvent une association d'éléments contradictoires dont notre survie donne le sens comme une pièce de théâtre que l'on se rejouerait à l'envers.

Je me rappelle quand Tunstall a été tué, je me suis demandé pourquoi les balles avaient effectué précisément ce chemin-là et avaient évité de croiser le mien.

Il n'y avait aucune justice là-dedans, mais je ne pouvais pas croire non plus qu'il n'y ait eu que du hasard — Tunstall avait un grand avenir devant lui, il luttait pour son droit, c'était déjà *quelqu'un* alors que moi je n'étais qu'un sale gamin qui avait mal tourné — mais comme j'avais déjà *commencé*, cette mort m'avait semblé encore plus absurde, encore plus injuste — car le *début* aurait très bien pu s'incarner là, mais c'était déjà trop tard pour moi, j'avais enfilé les bottes de Billy the Kid bien avant cela — pour mon malheur, on peut le dire, bien que je ne me considère pas malheureux — les Chinois qui travaillent comme des esclaves sur les rails de l'Union Pacific sont mille fois plus à plaindre que moi — ce n'est qu'un exemple mais ce pays en a des millions à revendre — non, je suis celui que je devais être, car personne n'aurait pu prendre ma place — même s'il y en a qui certainement essaieront, d'une manière ou d'une autre, par la magie d'une chanson, d'une pièce de théâtre ou d'une quelconque faribole — moi, au moins, je peux dire que je n'ai imité personne, pas même mon père — je vois que je te fais sourire, ce n'est pas trop tôt — non, vraiment, je ne peux vraiment pas dire que je suis malheureux même s'il m'est souvent arrivé de maudire mon destin — penché sur le corps de John Tunstall, par exemple, ou en galopant loin de ceux de mes amis, le visage tourné vers la vie tandis que l'ombre de la mort s'étendait dans mon dos, réunissant l'est et l'ouest en une droite poussiéreuse — mais cette malédiction se rapprocherait plutôt du désespoir des Mexicains, me plaçant plus du côté des *desperados* que de celui des *outlaws*, une place que je chéris car c'est effectivement la place qui me convient — on peut dire que le destin a bien fait son travail puisque cette nuit le désespoir est assis à notre table, à jouer aux cartes avec Pete Maxwell — on appelle cela une partie de *solitary*, mais on joue toujours avec quelqu'un, ne serait-ce que l'ombre de soi-même — et l'ombre triche toujours — tout cela pour dire que les lignes infinies des balles de plomb ont tracé ma route de leurs invisibles sillages et que je les ai suivies, bon gré mal gré, jusqu'ici — contraint, forcé ou consentant ?

Je ne le sais pas moi-même et je défie quiconque d'apporter une réponse.

Gertrud me disait souvent — Gertrud, avec sa chevelure rousse et ses taches de rousseur éparpillées sur ses seins comme du grain tombé d'un sac éclaté — Gertrud me disait, comme Mackie du reste, que je « cherchais les emmerdes », mais malgré mon amour pour elle et ses taches de rousseur et la douceur de son dos et la rondeur de ses fesses et la moiteur de son petit con bien serré malgré les années d'usage, oui malgré cela, elle se trompait — ce sont les emmerdes qui m'ont toujours cherché — comme ce fameux jour où j'ai grimpé les quatre marches de la *cantina* et que j'ai aperçu le gigantesque dos de Windy Cahill — il est vrai aujourd'hui quand je repense à cela que Gertrud n'avait peut-être pas complètement tort, j'aurais pu tourner le dos et redescendre les marches, aller au saloon de l'autre côté de la rue, oublier ma rêverie à ma table préférée avec mon verre de whiskey à moitié propre — oui, je crois y avoir même pensé, mais je voulais aussi avoir le droit de m'asseoir à cette table et siroter un whiskey comme tout le monde en fumant une cigarette de bon tabac noir roulée dans les règles — était-ce trop demander au destin ? — Mackie m'avait bien dit d'éviter la *cantina* quand il n'était pas avec moi — cher vieux Mackie, qui devait flairer la direction des vents invisibles — plus d'une fois il m'a lâché, mais je ne lui en ai jamais voulu — il savait que je ne risquais pas grand-chose — on n'avait jamais pendu de gamin de quinze ans pour une selle ou une vieille mule — toujours surpris quand je revenais au coin de son feu, quelques jours après — il tremblait comme une feuille, mais son regard rusé brillait sous ses épais sourcils noir et gris, tandis qu'il extirpait sa vieille flasque en fer-blanc de sa poche crasseuse pour sceller notre éternelle amitié — que je lui renouvelle encore ce soir même si je ne l'ai jamais plus revu après cette fameuse journée d'août jaune où mes bottes poussiéreuses ont gravi presque d'elles-mêmes les quatre marches de la *cantina* — je pourrais penser qu'il m'a trahi, mais abandonner quelqu'un n'est pas une véritable trahison — c'est, au pire, une décision égoïste motivée par un besoin de survie — et je suis sûr que Mackie avait senti qu'il n'aurait pas survécu longtemps avec moi comme compagnon d'infortune — après tout, il m'avait formé et il en savait donc bien quelque chose — piètre maître et piètre élève — je serais triste d'apprendre sa mort, il faisait un peu partie de ma famille — ou plutôt, il a été ma famille pendant ces deux années — une ombre de mon père, un oncle en carton, un pauvre type gentil qui s'encombrait d'un gamin trop dégourdi pour son âge qui «cherchait les emmerdes».

Sacrée Gertrud, elle avait bien compris quelque chose, en fin de compte — les mots encore une fois ont un poids incroyable, qui force même les âmes les plus solides — s'enfonçant peu à peu jusqu'à en devenir indéniables et c'est au moment précis où l'on en prend conscience que le corps reprend ses droits et qu'on balaie tout ça d'un haussement d'épaules — le corps a des côtés bien pratiques — je ne parle pas des aspects obligatoires du corps comme manger, boire, chier, pisser — mais des aspects secondaires comme hausser les épaules, danser, faire l'amour, tourner le dos ou les talons — mouvements choisis et non imposés par la nature — belle excuse que la nature — et je ne plaisante pas, je t'assure — oui, le corps est une machine formidable, une machine molle ajustée sur un squelette grimaçant — une machine plus fragile qu'une montre et plus puissante qu'une locomotive — une machine pathétique (il suffit de se regarder dans un miroir comme tu le fais en ce moment précis) ou désirable — Ah, Teresa, ah, Gertrud — une machine où chaque détail compte et malgré tout c'est l'ensemble qui l'emporte — mais je divague et l'heure tourne.

Le soir est tombé sans bruit au-dehors et la fenêtre se découpe noire dans la pièce où Pete joue aux cartes avec lui-même car moi je suis occupé avec toi et Pete ne te sauvera pas, mon gaillard — trop absorbé par ses cartes crasseuses, les yeux envahis par la fatigue et la nuit — *la noche grande* — dehors on pourrait certainement entendre

40

le vent ou un coyote si on ouvrait la porte — je vais peut-être le faire d'ailleurs, histoire de voir si *el viento* est venu nous rendre visite par cette belle nuit d'été, apportant avec lui le parfum de Teresa et les taches de rousseur de ma belle Gertrud.

Un homme en cavale est un homme qui bande en permanence et si Teresa ou Gertrud étaient là ce soir, je crois que je serais capable de les aimer au moins cinq fois avant l'aube.

Mais tu t'impatientes et tu as raison, il faut qu'on en finisse avec cette histoire, avec ce *début* qui ne vient pas, bloqué dans ma bouche par mes propres mots qui ne se décident pas se libérer de leurs bâches — et pourtant je croyais que c'était possible — il ne faut pas s'arrêter maintenant, ce serait trop bête de terminer quelque chose sans avoir pu expliquer comment tout cela a bien pu arriver — je bois une gorgée de tequila tiède et je reprends — la vérité donne toujours plus soif que le mensonge.

J'en étais au moment où j'ai aperçu Windy Cahill qui buvait son verre et j'ai compté en moi-même les secondes qu'il a mis à se retourner tandis que je m'approchais du bar — cela lui a pris autant de temps que de vider et de recharger le barillet d'un six-coups — un temps infini — et moi j'avançais vers lui, prudemment, comme un chien qui trotte en diagonale — je voyais Gus, le barman, qui riait avec Windy et quelques autres — Gus m'avait aperçu dès que j'avais franchi la porte, ses yeux noirs faisant des allers-retours incessants au-dessus de son nez étroit — je crois même qu'il suait, mais j'en rajoute peut-être — il faut dire qu'il faisait sacrément chaud ce jour-là — comme aujourd'hui — les parallèles finissent bien par se recouper quelque part — je vois d'ailleurs que tu sues, toi aussi, un voile d'eau coule sur ton visage et tu clignes des yeux — «je n'ai pas peur» me dis-tu, «c'est la chaleur» — je souris — celui qui va mourir cherche toujours à se justifier — enfin, je pense, car cela ne m'est jamais arrivé — jusqu'à aujourd'hui, mais c'est nouveau, une espèce de *commencement* là aussi, bien que je ne l'aie pas choisi.

Le destin aime à te donner les cartes, comme dans un jeu de poker — mais c'est jouer avec un tricheur — il ne quitte jamais la table et t'interdit de partir, sa fortune est infinie et toi, tu n'as que ce que tu as gagné à la sueur de ton front, ou hérité, si tu es un tant soit peu chanceux — si tu sors quatre as, il a quatre rois et un joker — parfois, tu peux gagner avec une paire de deux et t'estimer heureux — encore un peu de temps gagné — je pense que survivre, pour moi, est la définition même du bonheur — c'est un mot que je n'ai jamais prononcé, je crois.

«Bonheur»

Le mot emplit ma bouche comme de la neige, empêche ma langue de bouger, se tasse contre mes dents — ce n'est pas que je n'ai pas envie de le prononcer, mais c'est un mot qui exige qu'on s'arrête, qu'on soit un tant soit peu immobile et moi je suis toujours en mouvement — en fuite, oui, mais pas seulement — je poursuis aussi quelque chose, mais ce n'est pas le bonheur, justement — je poursuis quelque chose ou quelqu'un qui me ressemble, mais je ne vois que son dos et plus je m'approche, plus il s'éloigne, comme un mirage dans le désert — le bonheur me semble être une évidence, un instant où l'on doit se dire qu'on est exactement là où on doit être — et même si un jour mon nom mérite de rester dans les mémoires, il ne cessera de s'envoler avec le vent pour se poser un peu plus loin, comme la page jaunie d'un vieux journal ou un *tumbleweed* desséché — un nom qu'on sentira flotter sur son visage, dont on sentira le parfum de poudre, mais qu'on ne pourra jamais saisir.

C'est peut-être parce que tout a commencé avec «Windy» Cahill et qu'il portait le nom du vent — je crois aux malédictions même si je ne crois pas aux bénédictions — oui, Windy m'a transmis son nom en secret et j'ai choisi de le garder en moi comme un lent poison ou une braise éternelle — Windy m'a pour toujours fermé les bras au bonheur et lancé à la poursuite de quelque chose, moi-même éternellement poursuivi — pourtant j'ai souvent essayé d'arrêter, de me mettre en règle avec la vie et la société — j'ai négocié avec des shérifs et envoyé des lettres à deux gouverneurs pour rétablir la justice — mais il me semble que la justice est comme cette ombre que je poursuis sans cesse — m'arrêter, me retrouver dans une maison avec Teresa, Gertrud ou Amy la blonde, la douce Amy, assis près du feu à lire une gazette, des enfants jouant à mes pieds — pourquoi te moques-tu ? cela te semble impossible ? pire, ridicule ? — oui, certainement, mais être heureux, n'est-ce pas être précisément ridicule, risible, minable ? — n'est-ce pas abandonner toute sauvagerie au profit de la société, la même qui exploite les Chinois sur les voies de chemin de fer et qui lynche les Noirs, les Indiens et les bandits ? — c'est pour cela que j'ai le droit de rêver un peu à ce bonheur, puisqu'il m'est pour toujours défendu, c'est aussi une part de ma liberté — en hiver, nous rêvons de l'été, en prison, nous rêvons des montagnes enneigées et avec Gertrud, je rêvais de Teresa.

Le rêve fait partie de ma fuite, il m'accompagne comme ma Winchester 73 et me protège du désespoir — enfin, la plupart du temps — car le désespoir m'est aussi interdit que le bonheur — il faut du temps pour être désespéré et c'est exactement ce qui me manque le plus, même si Jenny m'a donné un jour une montre dont le dos contenait une boucle de ses cheveux — une vraie montre en or, qu'elle avait gagnée au poker — le verre a fini par se fêler, je suis tombé tant de fois dessus, le tic-tac cognant contre mon ventre tandis que je comptais les coups de feu pour savoir quand ceux qui me canardaient seraient obligés de recharger — une montre que je ne regardais jamais, mais qui me faisait penser à Jenny et à un bon bain chaud à Fort Sumner, au premier étage du saloon, chambre 4, quand je la faisais rouler entre mes doigts en contemplant ses aiguilles mortes — me faisait penser à ce mois d'avril où il neigeait encore un peu et les montagnes paraissaient bleu foncé — je l'ai perdue pendant le siège de la maison de McSween, elle a dû tomber de ma poche tandis que nous galopions dans le noir en écoutant siffler les balles — «Tiens, Billy» m'avait-elle dit, «ça te sera utile» — bien sûr, elle se trompait, mais cela n'a aucune importance, c'est l'intention qui compte, même si je n'ai jamais compris son intention — m'offrir une montre, c'est comme donner de l'eau à une rivière en crue — je suis mon propre temps, et cela depuis que cela a véritablement *commencé*, depuis les secondes que je comptais tandis que Windy Cahill buvait son whiskey et faisait rire la compagnie — je n'avais pas de montre à l'époque — dix onze douze treize quatorze — j'ai fini par atteindre le bar et Gus est venu vers moi, s'essuyant la nuque d'un lent geste de la main — je regardais droit devant moi la rangée de bouteilles qui cachait en partie le grand miroir au cadre doré, mais j'ai senti les yeux de Windy Cahill suivre lentement le dos de Gus dans la cacophonie du piano mécanique — Mackie m'avait pourtant dit de ne pas retourner à la *cantina* — «tu vas encore t'attirer des emmerdes» — c'est la dernière phrase qu'il m'a dite tandis que je grimpai sur ma selle, la dernière fois que j'ai entendu sa voix grave et rauque, avant qu'elle ne rejoigne le silence des pierres et de la poussière de la route — bien sûr, je ne l'ai pas écouté et je suis allé droit à la *cantina*, j'avais soif, j'avais envie de voir Jette et je voulais rêvasser un peu en paix — je suis retourné à la *cantina* où Windy Cahill m'avait déjà insulté et menacé — je ne sais pas si c'était pour «chercher les emmerdes» mais il me semble que mon destin est d'être toujours ramené là où je ne devrais pas être, Lincoln, Fort Grant, Fort Sumner — le triangle de la mort et du malheur.

Teresa m'a souvent demandé pourquoi je n'allais pas en Californie pour refaire ma vie — je lui ai répondu que je n'aimais pas la mer — en fait, je n'ai jamais vu la mer, sauf dans des reproductions de naufrages dans les gazettes et l'idée de mourir noyé me terrifie bien plus que de mourir de soif dans le désert — au moins on peut se tirer une balle dans le cœur avant d'être mangé vivant par les coyotes — non, je n'aime pas la mer et ce territoire est le mien — je n'en connais pas d'autres, mon nom est inscrit sous chaque pierre — il y a des familiarités qui nous sont nécessaires et je crois que même si cette région veut ma mort, je ne désire cependant qu'une seule chose, c'est d'y vivre — me réconcilier avec mon histoire passée et celle que je poursuis — je ne pourrais pas exister ailleurs — c'est ici que j'ai commencé, après tout, et c'est ici que je dois finir, même si c'est de l'autre côté de la frontière — au Mexique, qui est la partie secrète de ma vie, la partie enfouie et cachée au plus profond de moi-même car si je suis blond et blanc, je me sens brun et basané — l'espagnol épouse ma bouche comme si mes lèvres avaient été créées pour cette langue et rien ne me plaît plus que de chanter à tue-tête des *canciones* tragiques tandis que je me baigne nu dans une rivière au printemps — l'eau moussant de chaque côté de mes cuisses, bleue et glacée, mes pieds roulant sur les cailloux du lit du gigantesque fleuve qui délimite mes deux langues — celle avec laquelle je vole des chevaux et celle avec laquelle je les revends.

Avec Teresa, je parle espagnol et nos corps roulent l'un sur l'autre comme les « r » qui font frissonner nos bouches — ce soir je suis au Mexique, mais je ne parle pas espagnol avec Pete.

En fait, je ne parle pas avec Pete parce que je parle avec toi — en anglais, car c'est la langue du mensonge, même si j'aimerais tellement qu'elle devienne la langue de la vérité — un jour, peut-être, si je peux enfin m'installer dans ma propre maison près de Fort Sumner et avoir le droit de raconter mes histoires en ayant enfin enlevé toutes ces fichues bâches qui recouvrent nos mots — parler à ma femme, à mes enfants, à mes amis comme je le fais avec toi ce soir — mais cela ne me sera probablement jamais donné : cette langue épouse les mots des puissants et se soumet entièrement à leur volonté — les Peaux-Rouges n'ont pas compris cela et se sont fait rouler dans la farine en signant des traités sur lesquels les mots étaient *inscrits*, posés comme des pierres dans le désert — mais pour les Américains, les mots ne sont que des instruments utiles, qui ne servent, de fait, qu'à tromper pour mieux conquérir.

47

J'ai écrit à deux gouverneurs pour les aider à rétablir la justice, mais je n'ai reçu en retour que des mots sans valeur — je suis devenu un Peau-Rouge pour de bon, alors que je n'ai jamais été un ami des Apaches — trompé comme eux par les mots, pourchassé par l'armée — il me semble souvent que vouloir exister est un crime par ici — que pour exister il faudrait plutôt renoncer à le faire — peut-être qu'au fond de lui l'homme a peur d'exister, d'être libre et de se protéger lui-même — il se sent « faible » alors que la faiblesse est une excuse qu'on lui donne pour l'exploiter, elle ne vient pas de lui — une excuse pour que les citoyens réclament à grands cris d'être protégés — mais ils ignorent que protéger quelqu'un c'est substituer sa propre force à la sienne et créer une victime à sa propre mesure — Mackie et Tunstall ne m'ont jamais protégé et moi, en retour, je n'ai jamais protégé personne — je n'ai jamais été faible même si je n'ai, par ma taille, jamais été fort.

Et quand Windy Cahill s'est finalement rendu compte de ma présence, je savais que j'étais absolument seul en face de lui, ses mots accompagnaient sa force et s'imposaient à tous — il ne lui manquait qu'une étoile de shérif et la ville était à lui — je n'avais que quinze ans, des boutons sur les joues et une taille de gringalet, même si j'étais déjà (déjà !) un voleur de chevaux confirmé — Mackie montait la garde avec sa Winchester, ses yeux bleus brillant sous la bordure de son vieux chapeau blanc maculé de boue sèche et de poussière tandis que je rassemblais les chevaux, doucement, doucement, en prenant bien soin de ne pas les effrayer — la plupart étaient encore à moitié sauvages, parfois pas encore marqués (ça, c'était la véritable aubaine) — quelques courts sifflets et hop! au galop jusqu'au Mexique — la plaine immense et aride, Mackie toujours à l'arrière avec sa Winchester posée sur l'articulation de son coude gauche, prêt à mettre en joue n'importe quel petit point noir apparaissant à l'horizon — crac! crac! — je n'avais que quinze ans mais j'avais entendu plusieurs fois les balles siffler à mes oreilles — c'est au Mexique que j'ai appris à chanter, les poumons déployés par la joie d'être encore en vie — une sensation grisante qui parcourait mes veines comme du vif-argent, comme si mon corps ne pesait rien et que mes bottes pouvaient me transporter n'importe où — même les haricots infâmes de Mackie me semblaient délicieux et le fond de whiskey chaud qu'on se partageait avec parcimonie, un nectar — et quand Mackie ronflait enfin, la tête posée sur sa selle et la Winchester bien serrée entre ses bras, je savourais ces instants où la vie me semblait si présente qu'elle transfigurait tout — l'odeur du feu qui crépitait à quelques pouces de mes bottes, le bruit des chevaux qui s'ébrouaient dans le noir, les cris des animaux qui se répondaient au loin, les étoiles qui clignotaient au-dessus de moi en tournoyant lentement.

J'adorais ce ciel uniforme et profond, qui ne connaissait pas de frontières, ni de barbelés — un ciel dans lequel tous pouvaient se refléter et s'endormir en comptant les astres innombrables — un territoire absolument vierge de violence et de désirs impurs, lisse et soyeux comme la chevelure de Teresa — on avait l'impression de pouvoir le toucher en étendant le bras, mais les doigts se refermaient sur le vide et les étoiles, intactes, riaient — je les entendais bien, à ce moment-là, se moquer gentiment de moi et je riais à mon tour tandis que les souvenirs des coups de feu de la journée claquaient dans ma tête — plus tard, après avoir été plusieurs fois blessé, je continuerais à rêver de ces nuits passées avec Mackie, ces nuits d'*avant*, où tout était encore possible — où les yeux haineux de Windy Cahill ne s'étaient pas encore posés sur moi et son haleine fétide n'avait pas encore soufflé sur ma nuque — où les filles étaient encore un rêve plein de mystère et mes désirs de gros nuages blancs roulant dans un ciel d'azur.

Oui, ce n'est plus pareil maintenant — la nuit dehors a changé — toujours aussi belle, mais fermée, comme hérissée de murs — un drapeau américain flotte au-dessus de moi à présent, et la nuit est devenue historique — marquant ma place alors qu'avant j'y étais libre — si on regarde bien par la vitre sale on aperçoit un petit carré noir et sans étoiles — c'est ma concession — et dire que j'ai raté l'enterrement de John Tunstall — seul devant sa tombe je me suis excusé et j'ai maudit ceux qui m'en avaient empêché, qui m'avaient interdit de sortir de ma cellule quelques heures pour saluer une dernière fois mon ami — et pourtant ce geste aurait pu terminer cette guerre pour de bon, un geste humain, respectueux — mais non, Dolan et Murphy avaient choisi de me laisser croupir dans cette cellule pourrie et le poison s'est lentement dilué dans mon cœur — le poison de la vengeance qui a le goût d'un élixir — je me rappelle encore avec plaisir la chute de Murphy sous nos balles — avec mes *compadres* des Regulators, nous lui avions tendu une embuscade dans la rue principale de Lincoln — dommage que Matthews, ce salopard d'adjoint, s'en soit tiré.

Il m'a même atteint à la hanche alors que je ramassais ma Winchester 73 tombée à côté du shérif, qui me l'avait lui-même volée alors que j'étais en prison — je me vois encore me pencher sur le corps poussiéreux de Murphy — il est constellé de balles, petits trous noirs clapotant sous le soleil du printemps — ses yeux sont ouverts et je ne les referme pas — qu'ils contemplent pour toujours l'obscurité aveuglante de la mort — je me retiens de cracher sur le cadavre par superstition — les Mexicains pensent que si on crache sur un cadavre, le cadavre reviendra cracher sur vous — Murphy a les bras étendus comme s'il cherchait à s'envoler, les jambes écartées, les pieds indiquant l'est et l'ouest, son sang noir se mêle à la poussière — un mort comme un autre, dans un sens — sauf que celui-ci m'appartient — je le revendique entièrement, comme tous ceux de la bande à Dolan — il m'appartient, oui, comme mon histoire, même si, comme dans toutes les histoires, on discutera sans doute plus tard pour

savoir si ce sont bien mes balles qui ont criblé son corps
— qu'importe puisque Murphy est à mes pieds, mort —
ma Winchester gît à quelques pouces de sa main droite,
brillant dans la poussière — je me penche et tandis que
je tends le bras vers mon arme préférée, je repense soudain
à Mackie, à Tunstall et à mon père — à mes pères — et
au *commencement* — tu vois, ce n'est pas la première fois
que j'y pense — mais mes idées sont confuses parce qu'à
ce moment-là je suis encore en train de dérouler le fil des
choses et que la certitude de la mort du shérif Murphy
n'est que la certitude de la violence, pas encore celle de la
justice — et comme pour confirmer cela, l'adjoint
Matthews me vise de loin sur son cheval — je sens un
choc brûlant dans ma hanche gauche, j'entends les cris
de mes compagnons et des crac ! crac ! crac ! tandis que je
tombe sur le cul, plein de douleur et de surprise, juste le
temps de voir l'adjoint Matthews disparaître au loin, de
plus en plus petit, hors de portée, intouchable.

Et je regarde, incrédule, ma main posée sur ma hanche
qui devient chaude et rouge — la balle a brûlé la chair
mais a ricoché sur l'os — la douleur me cloue au sol et il
me faut quelques secondes pour accepter la main que me
tend Dick Brewer — «Faut filer, Kid» me dit-il — il a
raison, on vient d'abattre le shérif de la ville et l'un de ses
adjoints, pas moins — la rue est déserte, les fenêtres closes
— un dimanche en pleine semaine — bientôt retentira
le carillon de l'église appelant à la chasse à l'homme —
«Faut filer, Kid» et moi je contemple stupidement ma

main rouge et ma hanche rouge qui semble brûler sans flammes — j'attrape finalement la main tendue et nous voilà bientôt partis — cette nuit-là encore je rêverai du Mexique et d'une joyeuse chanson — la mort venait de poser un de ses doigts de plomb sur mon corps, mais j'étais vivant — vivant ! — une fois de plus, sorti debout d'un orage de violence, la voilure un peu déchirée, certes, comme un navire revenant au port après avoir traversé un grain.

Il est amusant d'avoir besoin d'images pour parler de la vie elle-même, comme si les mots ne pouvaient pas la décrire — peut-être parce que la vie est incluse dans les mots, comme dans l'air que nous respirons et qu'en parler serait comme extraire l'âme du corps, faire sortir le souffle du mot, son essence, et que cela est impossible.

De multiples pensées me traversaient l'esprit pendant notre retraite, mais une surtout dominait : la joie d'avoir tué un de mes pires ennemis — je l'aurais bien fait avec des mots, mais hélas, les mots ne suffisent pas — ils blessent, mais ne tuent pas — du moins, pas sur le moment — or Murphy avait assassiné Tunstall et justice m'avait été refusée par le gouverneur — il est des situations où le pardon est impossible — plus grand que soi, il ne peut entrer dans le corps — et Dieu lui-même est un Dieu de vengeance — je l'ai souvent entendu dans les sermons le dimanche, à l'assemblée, chez la veuve Connell — Il frappe impitoyablement les ennemis du peuple hébreu, même les femmes et les enfants — Pharaon l'a appris à ses dépens et Murphy aussi — et moi, sur mon cheval, je me suis dit que Moïse a dû ressentir la même joie que moi quand il a vu l'armée de Pharaon se faire engloutir dans la mer Rouge — une délivrance intérieure, je revois Murphy s'affaler encore et encore — la joie violente, sauvage est une partie de la joie elle-même — son miroir déformant — elle est comme la beauté d'un incendie — elle brûle de flammes transparentes et hautes sous un bleu ciel d'été, on entend le bois du cœur craquer et éclater derrière les côtes — une telle joie ressemble à celle de se réveiller à côté d'une femme nue et douce — c'est une joie rare, indécente et pure — rare parce que la justice est rare, parce que la tranquillité des petits matins à côté de Teresa, Jenny ou Gertrud est rare — mais c'est une joie qu'on se rappelle toute sa vie, car les autres joies, moins fortes mais plus nombreuses cependant, nous la rappellent faiblement, comme une étoile nous rappelle le soleil.

Oui, malgré ma blessure j'étais heureux d'avoir pu mettre un terme à ma propre guerre avec Murphy et Dolan — les gazettes l'appellent aujourd'hui « la guerre du comté de Lincoln », mais en réalité c'était ma guerre à partir du jour où ils avaient assassiné Tunstall — moi et ma violence contre leur injustice — autrefois on aurait fait de moi un héros, comme Robin des Bois — sauf que je ne vole pas aux riches pour donner aux pauvres — ici les pauvres n'ont pas besoin de moi pour se servir — ils peuvent très bien se débrouiller tout seuls et ils le font

— les seuls vraiment à plaindre ce sont les Chinois du chemin de fer, mais qu'est-ce que je pourrais bien voler pour eux ?

La violence solitaire n'est rien face à la violence d'un pays tout entier — elle peut mettre le feu à un ou deux buissons, mais pas à la forêt — les arbres sont beaucoup trop gros et je ne suis pas bûcheron — c'est pour cela que la violence que je suis est une violence absolue, car je sais aujourd'hui quelle est sa puissance et quelle est sa limite.

Mais cela, je l'ignore encore tandis que je m'accoude au bar en attendant que Gus me serve à boire — dans son coin, Windy ramasse en lui-même toute sa haine pour me la jeter au visage comme un écœurant crachat — Gus se tient enfin devant moi, je vois qu'il est mal à l'aise, son visage d'ancien soldat yankee couturé de cicatrices est couvert de sueur et pourtant, selon Mackie, Gus est un héros de la dernière guerre — il paraît qu'il possède même une médaille dans un de ses tiroirs, qu'il regarde parfois en secret — ça, c'est Jenny qui me l'a appris — et aussi qu'il lui manque un énorme bout de chair dans le bras gauche (c'est à cause de cela qu'il ne relève jamais ses manches) — Gus me regarde donc et me sourit nerveusement car même s'il est un héros, Windy Cahill n'en a rien à faire, il l'appelle « Négro » et chante les chansons du Klan pour faire rire les copains — Gus ne peut rien faire contre Cahill, immobilisé par la peur comme une statue de sel car si j'ai vu Gus se charger lui-même de clients indésirables, il ne peut rien contre la violence absurde du géant qui est tellement bête qu'il n'a peur de rien — n'ayant jamais rien donné, il n'a rien à perdre, sauf sa vie, mais je crois que profondément Cahill n'a aucune conscience de sa propre vie — comme un animal il l'accepte comme un fait, sans chercher plus loin que l'instant de sa satisfaction.

J'ai plus tard rencontré d'autres Cahill et ils ont tous été pour moi la même énigme — celle de la vie — car est-ce vivre que se contenter de se lever, boire du whiskey et se battre dans un saloon, jour après jour ? — pour moi, c'est une répétition absurde, comme le soleil qui se lève et qui se couche — c'est appeler vie ce qui n'est que le contraire de la mort — et je pense que de là naît la violence des Windy Cahill et des autres Cahill du monde — une violence mauvaise qui leur sert de preuve de leur existence par la destruction de celle des autres — comme les riches qui convoitent l'argent des autres alors qu'ils pourraient rendre heureux les autres avec leur fortune — c'est contre cette violence-là que Tunstall s'est dressé et moi avec — contre la violence furieuse possédée par elle-même, la violence égoïste et aveugle, l'inhumaine violence des hommes qui ne vivent pas, qui vivent *au travers* et qui déforment les mots pour transformer le monde à leur image — ce monde faux construit sur des mots faux que nous appelons « réalité » alors que la réalité est autre — c'est la conscience aiguë du poids des autres — les

hanches de Teresa qui roulent sur les miennes, plus légè-
res que l'air, le corps de Tunstall qui pèse de plus en plus
lourd entre mes bras — le poids du monde est le poids
du réel — mon propre poids mesuré à l'aune des choses
et des êtres qui partagent le même espace — et curieuse-
ment les pensées, les émotions, les mots ont aussi leur
poids qui, microscopique, en s'ajoutant devient plus lourd
que l'air et se dépose, comme de l'or qui se détache de la
boue dans le tamis, au fond de notre conscience en pépi-
tes scintillantes — nous sommes notre propre poids *plus*
ce poids fantôme, variable et infini qui nous habite —
c'est peut-être cela que certains appellent «l'âme».

J'ai posé la question un jour au pasteur Kinnock à
l'assemblée, mais il n'a pas su répondre — il m'a regardé
longuement derrière ses lunettes de son regard sévère et
bleu, ses oreilles ont légèrement rougi, il a murmuré «heureux les simples d'esprit», mais je n'ai pas su s'il s'adressait
à moi ou à lui-même — oui, mesurer le poids des choses,
c'est ce que j'appelle «vivre», même si pour commencer à
vivre, il faut que le poids s'abatte d'un coup sur vous —
comme la main lourde, si lourde de Cahill sur mon épaule
ce jour-là, un geste tellement violent que j'ai vu Gus tres-
saillir — cette main pleine de haine et de violence, qui ce
jour-là avait décidé de me faire comprendre le poids du
monde, comme Annette m'avait fait un jour comprendre
le poids de la joie en refusant mon *silver dollar* et en le
remettant au creux de ma main tendue — je n'avais pas
compris et j'avais d'abord cru qu'elle voulait plus, ce qui

me semblait très cher, mais Annette était tellement belle avec son chignon blond d'où s'échappaient de longues boucles qui brillaient dans la lumière orange de la lampe à pétrole que j'étais prêt à payer n'importe quel prix — nous venions de nous rencontrer dans un saloon à Fort Sumner, elle était nouvelle et moi mort de fatigue — avec les Regulators nous avions chevauché une bonne partie de la journée à la recherche de Murphy et de ses hommes, sans succès — ils n'étaient pas au ranch de Dolan comme nous l'avions cru, mais c'est une autre histoire — je m'étais assis à côté d'elle sur un canapé défoncé près des escaliers — en fait, je n'avais pas remarqué sa grande beauté et ce n'est que lorsqu'elle m'a demandé ce que je voulais boire que les mots ont subitement gelé dans ma bouche — elle a posé une bouteille de whiskey et deux verres devant nous et nous avons parlé — je veux dire que nous avons eu une véritable conversation.

Ne hausse pas les épaules, tu ne sais même pas de quoi je parle, toi qui es passé au travers des bras de tes maîtresses comme le vent, sans jamais regarder en arrière.

Oui, nous avons parlé, parlé, parlé — je lui ai donné mes quatre noms et elle m'a raconté son histoire — elle était la veuve d'un petit propriétaire ruiné du Wyoming qui s'est pendu, la laissant sans le sou et sans avenir — sinon celui des bras des hommes, ce qu'elle avait accepté en se disant que c'était un moyen comme un autre de demeurer près d'un feu le ventre plein — l'humiliation n'existe que dans l'œil de celui qui pense humilier — et nous étions finalement montés dans sa chambre où il y avait des livres — beaucoup de livres — j'en ai pris un sur sa commode, *La Case de l'oncle Tom*, j'ai lu le titre à haute voix et elle m'a demandé, surprise, si je savais lire et je lui ai répondu que oui, que je lisais très souvent les gazettes et les avis de recherche — nous avons bien ri — et nous avons parlé de notre amour pour les mots, qui était le même — l'amour de la vérité et de la liberté — elle n'aimait d'ailleurs pas les livres qui racontaient des histoires qui ressemblaient à des mensonges — la lampe à pétrole brûlait lentement de sa flamme orange et quand elle a commencé à se déshabiller je lui ai tendu mon dollar en argent, qu'elle m'a rendu en riant — c'était la première fois que faire l'amour gratuitement avait tellement d'importance et cela m'a fait entrevoir le poids de l'amour véritable — une découverte qui m'a traversé comme la flèche d'un Apache et j'ai compris à ce moment-là pourquoi Cupidon avait un arc, aussi ridicule cela puisse-t-il paraître — mais entre les bras dorés d'Annette et à l'écoute de ses véritables soupirs j'ai senti le regret d'un monde que je ne connaissais pas, d'un monde qui se cachait dans sa propre absence, d'un monde après lequel j'allais désespérément courir dorénavant.

Tu as raison, cela aussi aurait pu être un *début*, seulement j'avais déjà *commencé* avant et Annette est morte bêtement, écrasée par un cheval emballé, en plein dans la grande rue de Fort Sumner — il y avait un monde fou à son enterrement et j'ai regretté que le pasteur n'ait pas lu un extrait de ses livres de chevet plutôt qu'un verset de la Bible — je pense encore souvent à elle et à son sourire tranquille, ses longs mouvements paresseux quand elle remettait ses bas, le duvet blond qui courait sous son nombril comme une traînée de poudre, sa main qui savait si bien ébouriffer ma nuque.

Je rêve encore d'elle quand je suis allongé près de mon cheval dans la grande nuit et je me demande quelle constellation elle a bien pu devenir, comme dans les histoires des anciens Grecs qui en savaient peut-être plus que nous sur les mystères du monde — je pense à ses livres et je me demande ce qu'il en est advenu — les a-t-on vendus, donnés ou brûlés dans la cuisine du saloon ? — je me dis souvent que j'aurais dû les réclamer, mais qu'en aurais-je fait avec ma vie d'*outlaw* ? quand aurais-je eu le temps d'en lire n'en serait-ce que la moitié d'un ? pour lire, il faut du temps et c'est ce que je n'ai pas.

Le temps m'a été refusé à partir du moment où la main velue de Windy Cahill s'est abattue sur ma frêle épaule de quinze ans au comptoir de la *cantina* de Fort Grant — le temps et la justice, refusés ensemble au même instant, comme si les deux, dans ma vie, étaient étrangement liés — oui, lire c'est comme vivre en même temps que sa vie — c'est vivre doublement, se partager avec soi-même quelques heures, à découvrir d'autres mondes, d'autres personnages qui auraient très bien pu être soi — Annette m'avait avoué qu'elle avait pleuré en lisant la mort de l'oncle Tom et elle me l'avait récité à haute voix et moi aussi, j'avais été étrangement ému, comme si j'avais connu ce Nègre, comme s'il avait occupé une place réelle dans ma vie — et je me suis souvent demandé après si Annette elle-même n'était pas un personnage qui aurait dû m'appartenir dans une autre vie — seulement dans mon histoire à moi, il n'y a de place que pour moi-même et mes malheurs — peut-être que quelqu'un voudra un jour écrire un livre sur moi et que je deviendrai un personnage immortel comme l'oncle Tom — je demande seulement que dans ce roman j'épouse Annette ou du moins je puisse construire une bibliothèque pour accueillir ses livres — un peu de temps, voilà tout ce que je demande au futur écrivain de ma vie.

C'est en pensant à elle que je mens chaque fois qu'un journaliste m'interroge pour un article dans une gazette — pas pour embellir ma vie, non, mais pour me donner d'autres possibilités d'existence — pour me rendre libre, en quelque sorte, à travers les mots, car lorsqu'ils ne m'appartiendront plus, alors mon nom sera à tous et il sera enrichi de mes histoires et de mes rêves — des mots sans bâches, ni déguisement — des mots qui raconteront une histoire pour chacun de mes quatre noms, pour chacun de mes quatre pères — et du haut de mon étoile j'écouterai ces histoires en hochant la tête et en chiquant mon tabac et je dirai «celle-là, elle est bien bonne» ou «ah, je n'y avais pas pensé» — ces histoires qui diront mon nom comme un écho qui s'éloigne le long des flancs de la montagne — mon nom librement échappé des bouches et des pages des gazettes et la vérité n'aura plus aucune importance — tu n'es pas d'accord ? tu penses que la vérité prévaut toujours ? — oui, si la vérité est égale à la justice, mais dans ce bas monde la vérité est cachée par les mots mêmes — alors laisse-moi rêver un peu à ma liberté — si elle ne m'est pas donnée de mon vivant, alors qu'elle prenne ses ailes au moment de ma mort — et nous n'en sommes pas si loin, je crois.

Pat Garrett est un bon chien de chasse — je l'ai croisé plusieurs fois dans ma vie et nous avons même failli devenir amis — mais son poids m'a toujours paru effrayant, comme s'il était fait de bronze — un homme qui n'est pas ébranlé par le vent, qui ne craint pas les torrents et qui s'enfonce à chaque pas dans la terre comme un géant à taille humaine est absolument terrifiant — son poids m'a toujours éloigné de lui, au contraire de Mackie et Tunstall qui, eux, pesaient leur poids d'humanité — mais Garrett, lui, est une machine, une arme de guerre contre laquelle je me trouve de fait bien fragile — seul mon poids de plume peut me servir pour être emporté loin de lui par le vent — il me semble impossible à tuer, que la vie lui a donné une direction qui est directement contraire à la mienne et que, lui, il obéit à son destin, aveuglément — il dit partout ne rien avoir contre moi, qu'il me respecte et même m'admire — ces paroles me glacent chaque fois que quelqu'un m'en fait part comme un savoureux secret alors qu'elles sont en réalité ma condamnation à mort — tuer quelqu'un qu'on admire c'est donner un sens à sa propre existence et je pense que je suis, hélas, devenu son obsession — sans moi, il redeviendrait vide, car celui qui poursuit veut se remplir de l'autre.

Je l'ai moi-même ressenti quand je pistais Murphy — mais je ne l'aurais jamais laissé devenir ma vie — c'est l'absence de Tunstall qui est ma vie, oui — et ce qui est absent est présent pour toujours alors que Garrett, lui, ne voit que mon dos qui s'éloigne au galop dans un nuage de poussière — je ne serai jamais absent pour lui, je serai toujours présent — encore plus s'il réussit à me tuer — une histoire qu'il aimera certainement raconter encore et encore et dont il ne se fatiguera jamais, car elle sera son existence même — j'espère seulement qu'il n'*écrira* jamais rien sur moi — pas un mot, pas une ligne — ces pages risqueraient de m'emprisonner à jamais loin de moi-même — et pour empêcher cela, je mens, je mens, je mens aux journalistes et aux curieux, aux putes et aux barmen, aux amis et aux ennemis — comme toi, ce soir, ne fais pas cette tête-là, tu le savais déjà en me posant cette question — jamais tu ne sauras si je t'ai raconté la vérité ou non — quoique, je te l'avoue, j'ai une certaine faiblesse envers toi qui me pousse à la sincérité.

N'en profite pas pour tenter de t'échapper, je t'abattrai sans hésitation et Pete ne te sera d'aucun secours — il ne se soucie que de ses cartes et de sa propre vie — si tu meurs, cela ne changera rien à sa routine — il accrochera une légende de plus à mon nom — mais toi et moi, cela fait longtemps que nous nous connaissons et ta mort me ferait quand même un peu de peine — ce serait comme perdre mon ombre ou le sens de mes mots.

Après tout, tu étais là, toi aussi, quand Windy Cahill m'a agrippé par l'épaule et a ouvert sa bouche à l'haleine infectée par les caries et le whiskey — tu ne m'as jamais abandonné, contrairement à John Mackie (qu'il soit ici pardonné), Tunstall (qu'il soit ici pardonné) ou mon propre père (qu'il soit lui aussi pardonné) — tu ne m'as jamais trahi, même si ce soir, je le sais, tu en as envie — je te vois lorgner sur ton cheval dans la nuit au travers de cette porte fermée — je te vois rêver à demain comme un autre jour de liberté et d'une infinité de possibles — tu en as tellement rêvé d'ailleurs que tu n'as pas complètement nettoyé le savon après t'être rasé — tu as des taches blanches ici et là, comme des tas de neige sur la plaine au début du printemps — en fait, tu es un peu ridicule comme ça alors prends cette serviette et essuie-toi — mourir d'une façon ridicule c'est mourir deux fois et une seule te suffira — oui, nous avons traversé bien des aventures ensemble et il est triste de se quitter ce soir, mais je sens que nos routes divergent — et c'est pour cette raison — et cette raison seulement — que j'ai accepté de te raconter comment tout cela avait *commencé* — quand la main de bronze de Windy Cahill avait broyé mon épaule et que ses mots sentant le purin avaient flotté jusqu'à mes oreilles — «Alors, puceau, tu viens boire un coup à défaut d'en tirer ? Faut dire qu'avec tes boutons sur la gueule, aucune pute ne voudra de toi, même pour vingt dollars, n'est-ce pas Jenny ? » — et Jenny avait été bien obligée de rire avec les autres, un rire bruyant et triste qui résonnait à mes oreilles comme de la vaisselle cassée avec violence — oui, même Jenny, qui m'avait pourtant accueilli plus d'une fois entre ses draps pour vingt-cinq cents et qui m'avait initié au mystère du bonheur le plus intense et le plus éphémère qui soit — Jenny qui, en fin de soirée, me disait parfois «allons, garçon, tu n'as pas d'endroit où dormir, viens donc avec moi, je déteste me réveiller seule» — mais ce jour-là, elle ricanait comme un cheval, hennissant à gorge déployée à en devenir laide, mais je savais qu'elle me trahissait sans joie et j'étais tenté moi aussi de rire avec eux de ce garçon blond, maigrichon et boutonneux que Windy Cahill maintenait dans sa paume velue — oui, je savais qu'elle me trahissait sans me trahir car je lisais dans son cœur, dans ses yeux affolés et ses lèvres crispées dans un rictus nerveux — on ne se sent pas vraiment trahi quand on comprend les raisons de la trahison — j'étais tenté de rire avec eux, mais les mots de Cahill percutaient mes oreilles tels des poings fermés, me faisant mal aux tympans, mal à la mâchoire, mal aux tripes — la journée venait de se transformer subitement — ce n'était plus une journée comme les autres car la métamorphose avait déjà pris place — entre le moment où j'avais regardé Gus s'avancer pour prendre ma commande et l'instant où les cinq doigts de Cahill avaient atterri sur mon épaule.

Ce moment qui précédait très exactement ce *début* encore en gestation, qui l'annonçait et en faisait partie, comme le dernier souffle est à la fois l'action de mourir et la mort elle-même.

Oui, j'étais encore prisonnier de la journée, mais mes liens étaient soudain devenus trop fins pour mes poignets sans que je m'en sois aperçu — mes rêveries d'enfant s'envolant d'un coup, comme des moineaux affolés, pour faire place au présent, immense, terrible, éblouissant — le présent qui brisait la répétition des matins et des soirs, des chevaux à voler, du sommeil dans le foin et des histoires de John Mackie, des histoires qui s'enchaînaient et se répétaient à tel point que mes oreilles y étaient devenues indifférentes — le présent qui avait soudain pris place dans les mots de Windy Cahill, comme s'ils me donnaient vie ou, plutôt, comme s'ils me réveillaient de mon ancienne vie pour me précipiter vers ce *début*, ce précipice inconnu, redouté et attendu — car pour *commencer* un jour, il faut que l'envie de *commencer* existe déjà au cœur de son cœur — une envie secrète, comme d'embrasser une femme ou de voler un cheval, qui vous pousse en avant violemment comme si un génie invisible s'était placé derrière vous pour vous faire une méchante farce — car le *début* est toujours douloureux, arraché comme il est à l'habitude, au confort du soleil qui se lève et se couche indépendamment de votre volonté.

Une douleur immense et une jouissance sans nom, sauvage — comme une naissance, oui, absolument — mais une naissance dont on se souvient car cette fois on a *choisi* de naître — moment miracle que l'on n'oublie jamais, contrairement à la sortie du corps de sa propre mère — car si jamais on y pense, on contemple une nuit sans étoiles et on ressent un curieux malaise au creux de l'estomac — c'est l'arrivée passive à la vie, le débarquement naturel dans le monde et le chaos des choses — vous suivez le temps, il n'est pas encore à votre poursuite — là réside la différence essentielle entre un shérif et un hors-la-loi.

Garrett compte en heures et moi en minutes.

C'est pour cela d'ailleurs que je n'ai plus de montre depuis que j'ai perdu celle de Jenny — j'aime deviner l'heure en étudiant ma fatigue — je suis mon propre cadran solaire et l'ombre qui m'accompagne est l'aiguille vivante des heures et des minutes — être libre, c'est disposer de son temps et c'est pour cela que rares sont ceux qui sont vraiment libres — je ne connais que les enfants, les clochards et les bandits qui le soient vraiment, mais à tous les heures sont comptées — car la société ne peut tolérer que l'heure appartienne à chacun — laissez les gens venir travailler quand ils veulent et bientôt plus personne ne viendra — moi je préfère travailler quand j'ai besoin de remplir mon estomac de bon steaks et de whiskey — car voler des chevaux ou du bétail est un véritable travail, plus dangereux qu'aucun autre, et je suis fier d'être un bon travailleur — ma réputation le prouve, ha, ha — tellement bon que beaucoup souhaiteraient me voir mort — debout dans mon cercueil, exposé à l'entrée d'une *cantina*, avec les mères qui cachent les yeux des enfants en passant et les pères qui hochent la tête en dissimulant leur dégoût devant ce morbide spectacle — toute la justice du peuple résumée dans cette exhibition sinistre — car il faut faire peur aux braves gens pour faire respecter l'ordre public — rien de tel qu'un bon lynchage pour l'élection d'un maire ou d'un shérif — et peu importe que le bougre soit innocent — il avait certainement quelque chose à se reprocher de toute façon — c'était un Nègre, un Mexicain, un Apache, un Juif, un Chinois, un ivrogne, un mendiant, un fou, un débile, un inverti, un étranger, un inconnu — combien de jambes se sont-elles balancées pour rien ? combien d'épaules brûlées par le goudron injuste d'une foule en colère ?

Si on me descend, j'aurai ma conscience pour moi, car même si j'ai parfois tué par erreur, je ne l'ai jamais fait sans raison — cette raison étant la justice elle-même — justice qui jusqu'ici m'a toujours été refusée par les juges bornés et les puissants corrompus — et je ne parle pas pour moi, mais pour Tunstall et les autres — mourir avec une conscience presque claire n'est pas donné à tout le monde — de ce côté-là on pourrait même dire que je suis privilégié.

Tu te moques ? Tu dis que je ne suis qu'un bandit comme les autres et que c'est un miracle que je n'aie pas été pendu plus tôt ?

Je suis d'accord avec toi pour le miracle, mais la *mala suerte* a toujours été de mon côté, on pourrait dire — la chance noire, celle qui sourit à ceux qui n'auront pas d'autre chance dans leur vie — une chance de survie et de maigres consolations, une chance pour dormir à la belle étoile, connaître des gens formidables qui ne vivent pas longtemps, amasser assez d'argent pour une belle fête dans un saloon, aimer des femmes qui appartiennent à cent autres et rencontrer des ennemis assez bêtes pour marcher au-devant de vos balles — oui, la *mala suerte*, ma vieille amie — noire et blanche comme la nuit et l'as de pique — tu voudrais faire une partie avec Pete ? mais Pete n'aime jouer qu'avec lui-même — c'est un étrange compagnon, je te le concède, mais il ne m'a jamais trahi et cette nuit, il m'abrite — ce qui est une folie quand on pense à ce qui est arrivé à Alex McSween qui m'avait lui aussi accueilli chez lui — cinq jours de siège, mes amis McSween, Zamora et Morris tués, la maison brûlée — j'y suis retourné plus tard et j'ai pleuré sur les cendres — moi, je m'en étais tiré avec les cinq derniers Regulators, à courir comme des lapins dans la nuit tandis que derrière nous s'élevaient les flammes de l'Enfer et les âmes de nos *compadres* — je ne sais pas ce que j'ai fait pour mériter tous ces malheurs, mais peut-être la faute des pères rejaillit-elle sur les enfants, et cela depuis Adam.

Il est des choses écrites qui sont des choses vraies, mais on ne le comprend souvent que lorsqu'il est trop tard.

Le dos tourné de mon père a sans doute été l'annonce de mon destin — jamais je ne trouverai de père qui restera avec moi et je sois condamné à rester orphelin — j'ai même pensé un instant que le gouverneur Wallace aurait fait un bon père et c'est pour cela que j'ai accepté de me rendre et de témoigner contre Dolan et le colonel Dudley, qui avaient mis le feu à la maison de McSween — mais encore une fois je m'étais trompé, car comme je n'ai jamais eu de vrai père, je ne suis pas un bon juge — le mot te fait sourire — mais je voulais encore un peu croire à la justice des hommes — et tu sais ce que j'en pense maintenant — même si on ne sait jamais ce que l'avenir garde de côté pour nous — un mot qui me semble aussi vide qu'une bouteille de tequila le lendemain d'une grande fête — quelque chose qui emplit nos conversations pour empêcher le silence de prendre place, alors que le silence est plus réel que l'avenir — un point vers lequel nous courons alors qu'il existe déjà au moment où l'on court et qui n'offre rien de plus que la course même — main dans la main avec le bonheur, ce sont des mots inventés pour nous obliger à vivre — au moins, le Paradis est-il du côté de la mort — mais l'avenir, le bonheur sont des mirages qui nous poussent à exister en dehors de ce qui nous entoure.

Qu'importe d'entendre *encore une fois* le rire de Teresa si c'est l'entendre *maintenant* qui me remplit de joie ? Qu'importe au pauvre la promesse d'une vie meilleure en Californie s'il n'aura jamais assez d'argent ou de courage pour y aller ? — moi, à l'instant où tout a *commencé*, j'ai aboli l'avenir — je l'ai fait disparaître d'un coup comme un magicien replie ses cartes et j'ai intégré le présent les yeux ouverts, sachant que désormais l'avenir se limiterait à la poussière du sol sur lequel ma botte allait se poser — oui, j'ai aboli l'avenir et je suis devenu moi, entièrement moi, dans l'instant, en mouvement, pour toujours.

Les insultes de Windy Cahill qui transperçaient mes oreilles ont déchiré d'un coup la bande de gaze qui entourait mes yeux — l'avenir et le bonheur se sont évanouis comme de l'eau jetée dans le désert, en faisant trembloter les dunes dans un dernier mirage — ma bouche s'est alors ouverte vers lui et je lui ai répondu qu'il valait mieux être un fils de pute que le fils d'une chienne, parce qu'au moins, moi, j'étais un homme — car Windy Cahill était un véritable animal, seulement personne n'osait lui dire — et j'ai réalisé à son regard que mes mots l'avaient touché à leur tour.

Il a cligné des yeux comme un homme qui vient d'être frappé par une balle au milieu du ventre et qui ne sent pas encore la douleur — j'ai senti que ma bouche avait prononcé les paroles exactes pour que la journée change, pour que rien ne soit jamais plus comme avant — même si je ne savais pas encore ce qu'*avant* signifiait — un mot auquel je pense sans regrets, même si parfois je me demande ce que fait John Mackie aujourd'hui — s'il est mort, marié ou bien encore en fuite — et peut-être que lui aussi se demande la même chose, même si les gazettes parlent plus souvent de moi que de lui — un jour un journaliste m'a demandé de pouvoir me suivre dans mon «travail» — je me demande bien pourquoi — qu'aurait-il appris de plus sur moi, puisque son métier est de déformer ce qu'il voit? — je ne voulais pas, en plus, être responsable de sa mort éventuelle — je portais déjà un lourd fardeau et les cimetières locaux sont remplis des noms de mes amis — ajouter le sien aurait été une insulte à la mémoire de mes *compadres*.

Il m'a dit qu'il pourrait me rendre encore plus célèbre — je lui ai répondu que je ne cherchais pas la gloire mais la justice, et il a ri — nous étions assis à une table dans un saloon de Fort Sumner et j'ai bien eu envie de basculer sa chaise d'un coup de pied, mais je n'ai rien fait d'autre que de lever mon verre de whiskey et de le saluer poliment d'un hochement de la tête — il est parti en tordant son chapeau entre ses mains et m'a fait servir un verre sur son compte — je n'ai jamais su son nom, mais on m'a dit que Garrett avait parlé avec un journaliste et accepté qu'il l'accompagne — je ne serais pas étonné que ce soit le même — peut-être nous reverrons-nous bientôt et qu'il me rendra célèbre, d'une manière ou d'une autre — mort ou vif, pour parler clairement — célèbre malgré moi.

Et malgré toi aussi, qui as l'ironie facile — il est toujours aisé de prendre de la hauteur après les événements — c'est le propre des lâches.

Moi, je ne me suis jamais vanté de quoi que ce soit — au contraire — je n'ai jamais trouvé drôle de tuer un homme et quand mes *compañeros* des Regulators avaient un peu trop bu et commençaient à se raconter leurs plus fameuses tueries, je m'éloignais discrètement et, si je le pouvais, j'allais me réfugier dans les bras d'une femme pour que le plaisir me fasse oublier l'armée des fantômes qui chaque jour galopait avec nous, Windy Cahill en tête.

Windy Cahill qui ne se doutait pas que le destin l'avait choisi pour être mon *début* — certains pourraient dire qu'il s'était choisi tout seul, mais cela ne change rien à l'histoire et n'ôte en rien la valeur de ce qui s'est passé ce jour-là.

Windy Cahill qui vacillait sous mes mots — mes mots à moi, mes mots de quinze ans — ma première force — ma première victoire — je sentais obscurément quelque chose se déchirer au plus profond de moi — et quand il m'a saisi l'épaule pour me projeter à terre, j'ai basculé avec le monde — j'ai vu le plafond s'abattre d'un coup en travers de mon regard et Windy tomber sur moi comme une statue — les mots de Mackie et de Gertrud me sont revenus aux oreilles — «tu cherches les emmerdes» — et sur le moment, j'ai voulu leur crier encore une fois que non, c'étaient les emmerdes qui me cherchaient, mais comme si quelqu'un avait fait basculer un miroir pour qu'il détourne le soleil dans mes yeux, j'ai réalisé que je mentais, que je me mentais à moi-même et que oui, Mackie et Gertrud avaient raison, mais ce qu'ils ne savaient pas et ne comprendraient sans doute jamais, c'était que c'était ces emmerdes-là que je recherchais précisément, ces emmerdes qui me clouaient sur le sol poussiéreux de la *cantina* de Fort Grant, ces emmerdes qui portaient le visage déformé par la rage de Windy Cahill, ces emmerdes-là et aucune autre.

Et j'ai senti mon squelette prendre tout son poids sous l'enveloppe de chair, mes muscles se placer exactement aux jointures et mes articulations s'emboîter parfaitement les unes dans les autres — j'ai senti les grains de poussière rouler sous ma colonne vertébrale et mes mollets claquer sur le plancher — j'ai senti mes omoplates racler le sol et mes pieds trembler dans leurs bottes — j'ai senti mon existence prendre corps dans cette longue chute, avec Windy Cahill qui me suivait en hurlant des choses que je ne comprenais plus — mes yeux dans leurs orbites ont calmement suivi le mouvement de son poing qui se relevait et s'abaissait pour s'écraser sur mon visage — chaque coup était comme cette suite de coups violents qui au théâtre annoncent le spectacle — et le rideau rouge était ce voile devant mes yeux qui soudain s'est écarté pour faire place à la lumière — j'ai vu la tête de Windy Cahill en contre-jour penchée au-dessus de la mienne, j'ai vu sa bouche remplie de salive qui recouvrait ses dents comme un cheval devenu fou — j'ai vu ses épaules d'Atlas ne supportant aucun monde, ne supportant même pas le plafond de la *cantina*, ne supportant rien d'autre qu'un vide sidéral, un vide sans lumière et sans étoiles — j'ai vu qu'il ne me voyait plus, j'ai vu que son amour pour moi allait me transformer en cadavre, j'ai vu que j'allais mourir alors que je n'avais encore rien *commencé* — exactement comme quand tu fais l'amour pour la première fois et que tu te rends compte que ce qui t'a manqué jusqu'alors, ce n'était pas le plaisir, mais la présence de l'autre — après cela, dans tes nuits solitaires, ta propre main tu l'imagines étrangère.

Tandis que Cahill m'étranglait d'une main et me frappait de l'autre, je me suis rendu compte que je n'existais pas encore — que je n'étais qu'un gamin de quinze ans maigre et boutonneux — et que cela pourrait être très bien ainsi, mais que Windy Cahill me montrait qu'il devait en être différemment — il cherchait à me détruire pour que je prouve mon existence — je voyais mon sang éclabousser son visage, je sentais mes os craquer sous ses coups, ma peau se tuméfier et ma gorge s'arrêter de respirer — je sentais que j'avais le choix d'abandonner une fois pour toutes ce corps d'adolescent ou de le remplir à jamais de moi-même — il n'y avait pas d'autre possibilité — je ne pouvais ni m'enfuir, ni accepter de mourir — je voulais *exister* — et ce mot a résonné dans mon crâne plus fort que tous les coups de poing de Windy Cahill — oui, exister et je ne savais pas quoi mettre dans ce mot, avec quoi le remplir — vivre était une action inconsciente, naturelle, animale, qui ne définissait rien, alors qu'*exister*, c'était la vie qui prenait soudain les contours de votre corps et s'habillait de votre âme — ainsi donc, tandis que mon corps résistait tant bien que mal au massacre à mains nues, j'ai décidé de *commencer* à exister et derrière mes yeux s'est allumé un brasier qui depuis n'a jamais cessé de brûler — un brasier que je n'ai trouvé que chez une seule autre personne et c'était John Tunstall.

Quand il est venu me voir dans ma cellule pour me parler avec ses gestes lents et son accent anglais que j'avais du mal à comprendre, les lèvres cachées par sa mousta-che, on ne voyait que son menton bouger et ses yeux qui reflétaient la lumière du couloir comme deux miroirs d'argent, j'ai senti la chaleur de son propre brasier, de son propre *commencement*, et j'ai compris que nous étions de la même famille, comme un père et son fils, dans les histoires des gazettes, qui s'aiment, se respectent et se soutiennent — et je suis certain que si Murphy ne l'avait pas abattu lâchement, moi et Tunstall on se serait raconté de belles histoires au coin du feu dans son ranch, où il m'aurait réservé une chambre le temps que je trouve un petit lopin de terre, quelques bêtes et une jolie femme bien honnête pour m'installer et mener ma vie tranquille de fermier et de père de famille — mais moi, je serais *resté* avec mes enfants, je leur aurais taillé des jouets dans du vieux bois, je leur aurais appris des chansons, je les aurais portés sur mon dos comme un cheval fidèle — jamais ils ne se seraient sentis seuls, jamais ils n'auraient eu à apprendre le mauvais côté de la vie — j'aurais fermé la porte à double tour pour que la *mala suerte* ne puisse pas entrer et poser ses lèvres venimeuses sur leurs fronts innocents — je leur aurais donné un nom unique, des racines et un peu d'argent pour commencer — je ne les aurais jamais battus et j'aurais consolé chacune de leur peine — voilà ce que j'avais ressenti en serrant longuement la main de John Tunstall — la possibilité d'un autre *commencement*, ignorant alors que le *commencement* est unique et irrémédiable — c'est un pacte avec le Diable que l'on signe avec soi-même — mais qui sait ce qui se serait passé si nous avions gagné cette «Guerre de Lincoln» comme l'appellent les gazettes, si Dolan, Brady et Murphy avaient été jugés et condamnés pour leurs innombrables crimes, dont le premier et non le moindre avait été d'empêcher «la poursuite du bonheur» d'honnêtes citoyens comme John Tunstall ? — oui, qui sait ? — peut-être aurais-je pu ainsi échapper à la *mala suerte* ?

Tu secoues la tête et tu dis que je délire — c'est vrai, je te l'accorde, je délire un peu ce soir — j'ai la fièvre, une fièvre étrange qui ne brûle pas mais qui au contraire me glace comme la nuit qui est tombée au-dehors — d'ailleurs je vois Pete mettre un fagot dans la cheminée — même en août, les nuits sont fraîches dans le désert — quelque chose me possède, mais je ne me sens pas malade — habité, oui, par quelqu'un qui me ressemble mais qui n'est plus tout à fait moi-même, quelqu'un qui parle avec un autre lui-même dans un miroir fêlé accroché au mur — oui, toi — habité par des souvenirs qui remontent à la surface comme des cadavres restés trop longtemps sous les eaux.

Une fièvre, un délire qui me fait chercher les mots précis dont j'ai besoin — qui me fait soulever des bâches et trancher des cordages — qui m'oblige à remuer mes lèvres comme si je me confessais — et peut-être que c'est une confession, bien que ni toi ni moi ne ressemblions à des prêtres — une confession qui fasse courir de nouveau le nom de Windy Cahill sur ma langue — un nom que je maudis chaque jour bien qu'il m'ait en quelque sorte créé — et je préfère maudire Windy Cahill que de maudire mon propre père — le maudire à nouveau comme lui me maudissait ce jour-là, son poing rouge levé à côté de son oreille — pour la première fois je le voyais comme il était vraiment — ses yeux noirs sans éclat, au blanc rougi par l'alcool et la folie, son nez plusieurs fois cassé qui formait un zigzag au-dessus de sa bouche ouverte, ses lèvres roses et fines zébrées de minuscules coupures noires, sa peau jaunâtre tendue à éclater sur son énorme crâne, ses cheveux longs et graisseux qui coulaient de son chapeau informe, sa barbe drue qui puait le whiskey jour et nuit — oui, je le voyais soudain comme je ne l'avais jamais vu, les oreilles rendues sourdes par la douleur — je le voyais et je savais que c'était la dernière fois que je le regardais — pile ou face — moi ou lui — ma fin ou mon *commencement*.

Une goutte de sa sueur rance est alors tombée lourdement sur ma joue — j'ai senti son poids insupportable s'écraser sous mon œil gauche et là, j'ai choisi — à cause d'une simple goutte de sueur — j'ai choisi d'*exister* enfin — et j'ai tendu la main vers la crosse de son arme qui pendait à sa hanche et qui tremblait sous les coups — ma main que je voyais aussi précisément que je voyais son visage, ma main avec ses longs doigts fins de jeune fille aux ongles rongés jusqu'au sang — le bout de mes doigts a atteint le haut de la crosse qui apparaissait et disparaissait comme un soleil qui n'arrêtait pas de se lever et de se coucher — je voyais aussi les silhouettes floues de Gus et Jenny qui flottaient en arrière-fond, comme celui qui se noie aperçoit les badauds sur la rive.

Cahill s'est penché un peu plus en avant pour accentuer sa prise sur mon col et ma main tout entière s'est ouverte pour saisir son six-coups — ses yeux aveuglés par l'ivresse du sang n'ont rien remarqué, même pas quand j'ai levé le canon vers lui — et là le bruit est revenu dans mes oreilles, le bruit tout entier, les halètements de Cahill, le choc de ses phalanges sur mon visage, les clameurs des badauds, la musique du piano mécanique, mais aussi le cot-cot-cot! des poulets qui couraient dehors, les feuilles de journaux soulevés par le vent et la conversation des vieux Mexicains assis sur les quatre marches de la *cantina*.

J'ai enfoncé le canon du .44 dans sa bedaine et j'ai appuyé sur la détente — une seule fois — j'ai cru que j'étais devenu sourd à nouveau et que je m'étais cassé le poignet — j'ai senti la balle partir et la chaleur de la flamme brûler sa chemise — son poing était levé et il s'est arrêté d'un coup — il a murmuré une obscénité, qu'il n'a cessé de répéter tandis que ses mains voyageaient vers le trou dans son ventre comme deux vautours pressés — toujours à califourchon sur moi, écrasant mon bassin de tout son poids — puis mes oreilles à nouveau se sont remplies de bruits comme des morceaux de vaisselle que l'on jette dans un panier d'osier.

Windy m'a regardé une dernière fois mais celui qu'il contemplait en mourant n'était plus le même — je n'avais qu'un seul nom désormais sur les quatre qu'on m'avait donnés — il a ouvert la bouche et des bulles de sang ont éclaté au coin de ses lèvres, puis il s'est lentement affaissé sur le côté — son ventre était rouge de sang et le .44 fumait dans ma main — j'étais tombé William Antrim et je me relevais Billy the Kid.

Les badauds effarés me regardaient sans comprendre.

J'ai tourné le dos et j'ai pris mes jambes à mon cou, poursuivi par la musique du piano mécanique — j'ai tourné le dos au confort de l'habitude pour me jeter dans les bras de la liberté — une fois sur mon cheval en direction du Mexique j'ai compris que la liberté n'était pas (et ne serait jamais) le synonyme du bonheur — que la liberté serait simplement le synonyme de ma propre vie — même si j'avais quinze ans, je pouvais comprendre cela — et que c'était cela, le véritable *début* — la certitude que celui qui fuyait était bien celui qui voulait fuir.

Il n'y avait plus de différence, plus d'illusions, plus d'erreur sur la personne — en descendant Cahill, j'étais devenu moi-même — et je l'avais choisi les yeux ouverts — plus tard les gazettes ont écrit que je l'avais abattu de sang-froid, ce qui est parfaitement exact — commencer sa vie demande un sang-froid considérable — et tout ce qui a suivi n'est qu'une conséquence logique de ce premier instant — il me fallait accepter mon destin tel que je l'avais dessiné — la fuite perpétuelle était ce que j'avais choisi, dès le moment où j'avais dégagé mes jambes ankylosées du corps de Cahill.

La porte ouverte de la *cantina* ressemblait à toutes les autres portes ouvertes qui désormais attendraient ma fuite — mais depuis cet instant, contrairement à la plupart de mes concitoyens, je fuis devant la mort et non devant la vie.

Garrett ne sera jamais le symbole de la vie — seulement de cette mort qui m'attend dans chaque recoin pour me faire un clin d'œil et emporter deux ou trois de mes amis — main dans la main avec la *mala suerte* pour une danse folle — elles sont presque devenues mes amies à force de les côtoyer — elles me prouvent que j'existe encore, car tant que je les vois mes yeux reçoivent encore un peu de lumière.

Tu tournes la tête car tu viens de les entendre entrer — il y a plein de coins d'ombre dans la cabane de Pete — elles peuvent s'y sentir à l'aise et bavarder au coin du feu — ce qu'elles ne manqueront pas de faire, en ricanant de temps en temps — elles ne sont pas méchantes, seulement un peu folles et je crois, aussi, un peu amoureuses de moi.

Allons bon, Pete vient de perdre à son jeu et il en commence un autre — il secoue la tête en riant et toi, tu commences à t'ennuyer — quitte donc ce miroir et viens me rejoindre, te fondant dans mon ombre qui s'étale sur le mur comme la silhouette d'un cadavre — tu vas me manquer mais c'est mieux ainsi — quand tu parles au vent, au moins tu es sûr que quelqu'un t'écoute.

Dehors la nuit grogne comme un chacal endormi — des brindilles craquent et Pete dresse l'oreille — peut-être Garrett a-t-il retrouvé notre piste — je l'imagine dehors, ayant laissé son cheval pour ne pas faire de bruit, le fusil pointé devant lui tandis qu'il s'approche douce-ment, tout doucement, en prenant bien soin de poser ses bottes sur de l'herbe sèche — mais dans le noir il ne distingue pas les brindilles qui craquent joyeusement sous son poids de machine — et moi, j'irai voir ce qui se passe dehors — j'ouvrirai la porte et je dirai : «*¿quién es?*» — et Garrett m'abattra comme un chien — ou bien je répéterai : «*¿quién es?*» — et personne ne me répondra — sinon moi-même — et je dirai : «c'est moi, ce n'est que moi» — debout, devant toi — moi et mes mots — tous mes mots rassemblés dans cette phrase adressée à la nuit — à moi seul, ici — à ma place, enfin — oui.

Remerciements tout particuliers à Marcelle Brothers, pour son magnifique site sur Billy the Kid — www.aboutbillythekid.com — qui m'a été très utile pour l'écriture de ce texte.

Composition Entrelignes (64).
Achevé d'imprimer
par la Nouvelle Imprimerie Laballery
à Clamecy le 12 avril 2010
Dépôt légal : avril 2010
Numéro d'imprimeur : 004053

Imprimé en France

173963